KB261235

아침입니다

김하경 에세이

아침입니다

지은이 | 김하경
펴낸이 | 김성실
편집기획 | 박남주 · 이효진
마케팅 | 이준경 · 김남숙 · 이유진
편집디자인 | 하람 커뮤니케이션(02-322-5405)
제작 | 미르인쇄
펴낸곳 | 시대의창
출판등록 | 제10-1756호(1999. 5. 11)

초판 1쇄 인쇄 | 2010년 2월 1일
초판 1쇄 발행 | 2010년 2월 5일

주소 | 121-816 서울시 마포구 동교동 113-81 (4층)
전화 | 편집부 (02) 335-6125, 영업부 (02) 335-6121
팩스 | (02) 325-5607
블로그 | sidaebooks.net
이메일 | sidaebooks@daum.net

ISBN 978-89-5940-152-9 (03810)
책값은 뒤표지에 있습니다

© 김하경, 2010, Printed in Korea.

• 잘못된 책은 바꾸어 드립니다.

김하경 에세이

아침입니다

시대의창

불가능한 꿈을 위하여

주 5일, 매일 아침마다 글쓰기

〈김하경의 '아침입니다'〉는 인터넷 다음카페 '리얼리스트 100'에 2007년 10월 15일부터 2008년 4월 30일까지 연재된 글입니다.

월요일부터 금요일까지, 주 5일 동안, 매일 아침마다 새로운 글을 연재한다는 건 결코 쉬운 작업이 아니었습니다. 모든 연재가 그렇듯 시작 당시의 의욕충만과 의기탱천은 날이 갈수록 불안초조와 부담백배로 변질되게 마련이니까요.

이런 글쓰기가 무슨 의미가 있나 하는 회의에서부터, 대단한 문학작품도 아닌 짧은 글 한 편 쓰면서 낑낑대는 자신의 한계와 무능에 절망하기까지, 갖가지 갈등이 밀려오게 마련입니다. 더욱이 성격상 한 가지에 깊이 빠지는 스타일이라서 밥 먹거나 잠을 자면서도, 신문이나 책을 읽으면서도, TV를 보면서도, 대화를 하면서도, 심지어 감기몸살로 앓아누워서도, 머릿속은 온통 '내일은 뭘 쓰지?' 하는 한 가지 생각으로 꽉 차 있었으니까요. 부득이 며칠 여행이라도 다녀올라치면 한 글자도 못 쓰면서도 노트북을 끼고 다녀야 직성이 풀릴 정도였습니다.

그럼에도 6개월 넘게, 143일이 되도록 연재를 계속할 수 있었던 힘은 과연 뭘까요? 몇십 년 동안 '올빼미형' 인간이자 대표적 루저를 자처하던 인간이 '아침형' 인간으로 돌변, 눈 뜨자마자 컴퓨터 앞으로 달려갈 수 있었던 그 힘은 과연 뭘까요?

독자들의 댓글이 주인공

그건 한마디로 순전히 독자들의 뜨거운 사랑 때문이었습니다. 독자들이 댓글로 잘한다, 잘한다 칭찬을 해주니까 글 쓰는 사람도 덩달아 신바람이 나서, 있는 재주 없는 실력 다 발휘해서, 죽을 둥 살 둥 써 내려간 것이지요. 말하자면 독자들의 불같은 사랑이 글 쓰는 사람에게 뜨거운 기로 바뀌어 불가사의한 기적을 일으켰다고나 할까요.

사실 글을 통해 사람들과 소통하면서 사랑하고 사랑받는 경험은 이번이 처음이었습니다. 그동안 많은 글을 써서 발표했지만, 메아리 없는 외침처럼 독자들은 묵묵부답으로 일관해왔으니까요.

오랫동안 이런 무관심에 익숙해서인지, 처음엔 "좋은 글 잘 읽었다", "고맙다", "사랑한다" 하는 댓글에 무척 당황했고, 심지어 그 진의를 의심하기도 했습니다. 할퀴고 공격하는 대신 놀리거나 떠보려는 반어적 의미로 사용한 게 아닌가 하고요.

그러다가 점차 그게 아니구나, 진의를 깨닫게 되면서, 독자들의 뜨거운 사랑의 에너지가 나에게도 그대로 전해져 죽어 있던 기가 다시 살아났고, 그 기가 모든 불가능한 걸 가능하게 만든 것이지요.

〈아침입니다〉는 제가 혼자 쓴 글이 아닙니다. 독자들과 함께 쓴 글입니다.

댓글은 때론 하나의 주제에서 무성한 잔가지로 뻗어나가 거대한 당산나무로 자라기도 했고, 때론 갖가지 산해진미가 담긴 풍성하고 맛깔스러운 잔칫상을 차려 내놓기도 했습니다.

댓글은 인터넷 시대의 산물입니다. 물론 악플이란 역작용도 간과할 수 없습니다만, 사람과 사람 사이의 경계를 허물고 '소통'의 문을 활짝 열어젖힌 일등공신이란 점에서 댓글의 순기능을 과소평가해서는 안 될 것입니다.

수준 높고 다양하며 폭넓은 댓글이 없었다면 〈아침입니다〉의 수준을 한 차원 끌어올릴 수도 없었을 것이며, 사고의 지평을 넓힐 수도 없었을 것입니다. 이런 의미에서 〈아침입니다〉의 진정한 주인공은 바로 독자들의 댓글이라고 할 수 있습니다.

행복 에너지

예전엔 글을 쓰면서 유난히 엄살이 심해 주변 사람들을 힘들게 한 적이 많았습니다.

글 쓰는 게 즐겁다든가, 한 번도 고치지 않고 단번에 술술 써내려갔다든가 하는 말을 들으면, 아무래도 난 글을 쓸 자격이 없나 봐, 글재주가 없나 봐, 그러면서 무력감에 사로잡히곤 했지요. 그만큼 글쓰기가 힘들고 고통스러웠습니다.

그런데 이 글을 연재하면서는 엄살을 부리지 않았습니다. 이렇게 좋아해도 되나 하고 겁이 날 정도로 글을 쓰는 것이 즐거웠습니다. 일부러 엄살을 떨려고 해도, 아무리 표정 관리를 하려고 해도, 좋아서 입이 다물어지지 않을 정도였습니다. 그러고 보니 글을 쓰는 것이 행복하다는 걸 이번에야 처음으로 느낀

것 같습니다.

주말이 되기만을 손꼽아 기다리던 직장인들이 〈아침입니다〉를 읽기 위해 월요일 아침을 손꼽아 기다리게 되었다는 말을 들었을 때는 정말이지 숨이 막힐 듯 기뻤습니다. 보잘것없는 내 글 한 편이 사람들에게 기쁨과 위안을 주었다는 걸 확인하는 그 순간은 더 이상 바랄 게 없었습니다.

행복했습니다.

그런데 그 순간 까닭 없이 눈물이 났습니다. 보잘것없는 내 글 한편에서 기쁨과 위안을 얻을 만큼, 독자들이 처한 현실이 고단하고 신산辛酸하다는 걸 확인했기 때문입니다. 가슴이 저며왔습니다. 얼굴은 웃고 있는데 가슴에서는 눈물이 흘렀습니다. 어쩌면 나를 포함해 살아 있는 모든 생명에 대한 연민일 수도 있고, 삶 자체에 대한 연민일 수도 있을 겁니다. 아무튼 그 순간 가슴이 터질 듯했습니다. 가슴 벅찬 행복과 가슴 아픈 슬픔이 둘 다 한꺼번에 밀려왔습니다. 세상은 동전의 양면이라더니, 행복 뒤에 그런 슬픔이 붙어 있을 줄 몰랐습니다. 슬픔을 안아주지 못하면 진정한 행복도 안아주지 못하겠지요.

아마 그때였을 겁니다. '더 좋은 글을 쓰고 싶다.' 나도 모르게 멍울 같은 단단한 결기가 목구멍으로 치밀어 오르더군요. 이런 게 글을 통한 진정한 소통이고 사랑인지도 모릅니다.

〈아침입니다〉를 연재하는 동안에는 글 쓴 이, 읽는 이 가리지 않고 모두가 행복했습니다. 슬픔도 안아줄 만큼 행복했습니다. 이 행복 에너지가 분명 이 책을 읽는 분들에게도 그대로 전해질 것이라 믿어 의심치 않습니다.

이 책을 통해 다시 한 번 독자들과 소통하면서 열렬히 사랑하고 사랑받으며 행복해졌으면 좋겠습니다.

불가능한 꿈을 위하여

처음 연재를 시작할 때 한 말이 기억납니다.

"우리 모두 리얼리스트가 되자. 그러나 가슴속엔 불가능한 꿈을 키우자."

체 게바라의 말처럼 진정한 리얼리스트란 눈앞의 현실뿐만 아니라, 불가능한 꿈까지도 담아야 한다고 생각했습니다.

〈아침입니다〉를 연재하면서 가장 고민했던 건, '아침'이라는 시간에 맞는 이야기, 부드럽고 따뜻한 이야기를 찾아내는 일이었습니다. 흔히 하는 말로 덕담이나 미담 같은 거 말입니다. 하지만 세상엔 해롭고 추한 이야기가 더 많지요. 게다가 총선과 대선이라는 시대 상황이 그걸 허락하지도 않았고요. 세상은 진흙탕 싸움판인데 〈아침입니다〉 혼자 말짱할 수는 없으니까요. 그렇다고 비겁하게 현실에서 도망치거나 회피하고 싶지도 않았습니다. 욕설을 퍼붓거나 같이 맞서 목소리를 높이며 대거리하고 싶지도 않았습니다. 아무리 사소하고 대수롭지 않은 글 한 편이라도 한번 쓴 글에 대한 책임은 죽을 때까지, 아니 죽은 다음 자자손손까지 이어진다는 걸 누구보다 잘 알기 때문입니다. 문득 엄혹한 현실과 맞서는 무기는 꿈, 꿈 중에서도 불가능한 꿈이 가장 유용할지 모른다는 생각이 들었습니다.

가만히 생각해보면 사람들은 현실이 팍팍할 때일수록 더 많이 꿈을 꿉니다. 그것도 이룰 수 있는 꿈이 아니라 대부분 이룰 수 없는 꿈을 꾸지요. 그런데 놀랍게도 이 이룰 수 없는, 불가능한 꿈들이 현실과 맞서는 가장 강력한 무기가 될 때가 있습니다. 현실이 가장 힘들 때 어려울 때일수록 그렇습니다.

사실 사람들이 힘들고 어려워도 계속 살아갈 수 있는 건 꿈이 있기 때문이 아닐까요? 무시무시한 고문을 받거나 먹방에 갇히는 형벌을 당해도, 억울하고 비극적인 운명을 만나도, 사람들이 죽지 않고 살아갈 수 있는 건 바로 불가능한 꿈을 꾸기 때문이 아닐까요? 자유와 평등, 그리고 정의를 꿈꾸기 때문이 아닐까요? 그 꿈 때문에 어떤 감옥도 어떤 억울함도 어떤 불의도 이겨낼 수 있는 게 아닐까요?

그런 점에서 보면 분명 이 책은 불가능한 꿈에 대한 이야기입니다.

어둡고 분노에 찬 현실에 맞서는, 밝고 아름다운 세상에 대한 불가능한 꿈 말입니다.

그리하여 이 책을 세상의 모든 불가능한 꿈들을 위해 바칩니다.

많은 우여곡절 속에서도 책 출간을 위해 애써주신 시대의창 김성실 사장님께 깊이 머리 숙여 고마움을 전합니다.

2010년 1월

김하경

차례

우리 어디선가 만난 적이 있지요?

눈 뜬 장님, 해태

화석과
그 사라진
세계에
바치다

아주 오래전, 지리산의 '하늘 아래 첫 동네'에 한 쌍의 신혼부부가 찾아들었습니다.

여고 시절 제자와 스승 사이였던 이들은 스무 살이라는 나이 차이 때문에 집안의 반대와 세상의 이목을 피해 산속으로 숨어들었던 것입니다.

세상을 향한 꿈의 날개도 접고 첩첩산중에 고립된 채, 두 부부는 오직 사랑 하나만을 믿고 살았습니다.

그런데 두 번째 아이가 태어날 즈음 갖고 들어온 돈이 바닥나고 말았습니다.

어렵게 약초 재배를 시작했지만 그마저도 3년 만에 실패로 돌아갔습니다.

그토록 소중하게 키워왔건만 부부의 사랑마저 현실의 무게에 점점 짓눌려갔습니다.

바로 그때 기적처럼 꿀벌들이 찾아왔습니다.

부부는 꿀벌들을 아끼고 사랑했습니다. 자식처럼 정성껏 돌보며 애지중지 길렀습니다. 그 남다른 정성과 진실한 사랑에 감동했는지 꿀벌들은 특별히 더 달콤한 토종꿀로 보답했고, 덕분에 부부는 토종꿀을 팔아 아이들을 먹이고 입히고 공부시킬 수 있었습니다.

삶의 무게가 가벼워지자 부부의 사랑도 다시 깊어갔습니다. 꿀벌을 통해 오염되지 않은 사랑의 의미를 되새길 수 있었던 것입니다.

누구나 사랑을 하지만, 누구나 사랑을 유지해나가는 건 아닙니다. 산중 부부가 사랑을 유지할 수 있었던 건 그들 스스로 현실의 무게를 참아낼 수 있었기 때문입니다. 그리고 그것을 가능하게 한 건 바로 꿀벌이었습니다. 꿀벌은 온갖 식물의 사랑만이 아니라 그 열매에 기대 사는 인간의 사랑까지 완성시켜주었던 것입니다.

세월이 흐르면서 부부는 이 세상 그 무엇보다 꿀벌의 소중함을 깊이 인식했습니다.

"요즘 무슨 이유에선지 꿀벌의 숫자가 점점 줄어든대요. 꿀벌들이 사라지면 인류가 멸망할 날도 멀지 않다는데 걱정입니다. 이젠 우리가 나서 꿀벌의 은혜에 보답해야 하지 않겠어요?"

초로의 산중 부부가 '국립공원을 지키는 시민의 모임'에 참석한 건 바로 이 꿀벌들을 보호하고 지키기 위해서였습니다.

'꿀벌 지킴이'는 산중 부부가 완성한 위대한 사랑가인지도 모릅니다.

운명과
자유의지

미국 드라마 〈CSI〉(인기 수사 시리즈)의 한 장면에 눈길이 멈췄습니다.

우연히 시체 안치소에 얼굴이 똑같은 두 시신이 들어왔습니다. 부검의가 유전자 검사를 해보니 놀랍게도 두 시신은 쌍둥이였습니다. 이 사실을 전해 들은 유족들은 경악했습니다.

죽은 쌍둥이 형제들도 자신들의 정체성에 대해 까맣게 모른 채 죽었답니다.

어쨌든 멀리 떨어져 전혀 엉뚱한 환경과 조건에서, 서로의 존재도 모른 채 남남처럼 살았지만, 결국 쌍둥이는 죽은 다음 시신이 되어 같은 시체 안치소에서 다시 만났습니다.

어머니 뱃속에서 열 달을 함께 산 기억 때문일까요? 아님 단순한 회귀본능일까요? 시체 안치소에 나란히 누워 있는 쌍둥이의 시신은 어머니 뱃속에 있는 것처럼 한없이 평안해 보였습니다.

이 모습을 바라보던 부검의의 표정이 남다른 감회에 젖습니다. "내가 의대를 졸업하고 부검의가 되겠다고 했을 때, 어머니는 처음으로 내 출생의 비밀을 털어놓았습니다. 나는 쌍둥이로 태어났지만 동생은 세상 밖으로 나오기도 전에 어머니 뱃속에서 죽었답니다. 말하자면 나는 어머니 뱃속에서부터 시신과 함께 있었던 거죠. 어머니가 그러시더군요. 어쩌면 내가 시신을 다루는 부검의가 된 건 타고난 운명인지도 모르겠다고요."

분명 자유의지로 만났어도 때로 그 만남이 운명처럼 느껴질 때가 있지요. 하물며 쌍둥이의 운명이야 더 말해 무엇 하겠습니까.

운명도 자유의지만큼이나 소중하다는 걸 새삼 깨닫습니다.

섬진강의
노인 어부

섬진강변에 한 노인이 살았습니다. 그는 하루에 꼭 한 번만 투망을 던졌습니다. 한 번 이상은 절대로 투망질을 하지 않았습니다. 그럼에도 노인은 그 누구보다 은어를 잘 잡았습니다.

마을 사람들은 기다렸습니다. 나무 그늘 아래서 장기를 두면서도 그가 언제 고기를 잡으러 나가나, 온통 거기에만 관심을 기울이며 지켜보았습니다.

노인은 가만히 앉아 있다가도, 갑자기 문득 자리에서 일어나 강으로 내려가곤 했습니다. 그의 귀에는 멀리서 은어들이 떼지어 오는 소리가 들리는 모양입니다.

노인은 강물에 발을 담그고 한동안 서서 가만히 긴장한 채 귀를 기울입니다. 투망을 잡은 손에 힘을 주고 조용히 노인은 그렇게 기다립니다. 그리고 마침내 은어 떼가 그의 발치를 지나는 순간, 그는 날쌔게 투망을 던집니다. 노인이라고 믿을 수 없을 만큼 잽싸게 그리고 힘차게 투망을 던집니다.

그러나 단 한 번이었습니다. 그 단 한 번으로 끝이었습니다. 혹 투망 속에 물고기가 없더라도 두 번 투망질을 하는 법은 없었습니다.

어느 시인이 들려준 편지의 한 구절입니다.

한 계절이 가고 또 다른 한 계절이 올 때면 세월의 강물이 유난히 빠른 속도로 흘러가는 소리를 듣습니다.

언제쯤 단 한 번, 나 자신을 힘껏 삶의 강물에 던질 수 있을까요?

과연 거기서 세상을 건져 올릴 수나 있을까요?

섬진강만이 그 답을 알고 있을지 모르겠습니다.

목숨보다 더 아끼는
귀한 보배

자한子罕은 청렴결백하기로 유명한 송나라의 대신이었습니다.

어느 날 한 관리가 찾아와 귀한 옥구슬을 뇌물로 바치려 하자

자한은 이를 거절했습니다.

관리는 으레 한 번 사양하는 건 줄 알고 이번에는 옥구슬이

얼마나 귀한 물건인가를 자랑했습니다.

"이 구슬은 제가 목숨보다 더 아끼는 귀한 보배입니다. 하지

만 대감과 같은 훌륭한 분이 가지는 것이 더 어울릴 것 같아

드리는 것이니, 이 구슬을 꼭 받아주십시오."

그러자 자한은 빙그레 웃으며 말했습니다.

"당신이 목숨보다 더 아끼는 귀한 보배는 그 구슬이고, 내가

목숨보다 더 아끼는 귀한 보배는 그 구슬을 받지 않는 것입니다. 그러니 각자가 보배로 생각하는 것을 그대로 간직하는 것이 더 좋지 않겠습니까?"

김용철 변호사가 폭로한 삼성의 뇌물 내역을 보면, 판검사를 포함한 사법권, 국회의원을 비롯한 정치권, 그리고 언론인과 교수를 총망라하여 전방위로 제공되었음을 알 수 있습니다. 이 권력 상층부의 어느 누구 하나 뇌물을 거절한 사람이 없었습니다.

그런데 놀랍게도 이 뇌물 재벌이라고 불러도 좋을, 골리앗처럼 무소불위의 힘을 지닌 대재벌 삼성에 대항해 감히 몸뚱이 하나로 맞선 두 다윗이 있었으니, 바로 김용철 변호사와 김성환 삼성일반노조위원장입니다.

자한이 목숨보다 더 아끼는 귀한 보배, 그들이 자랑스럽습니다.

화석과 그 사라진 세계에 바치다

1912년 1월 17일, 로버트 팰컨 스콧 대령이 이끄는 5명의 영국 탐험대가 남극에 도착했을 때는 이미 34일 전 아문센이 꽂아놓은 노르웨이 국기가 펄럭이고 있었습니다.

식량이나 옷, 텐트 등이 턱없이 미비했고 악천후까지 겹쳐 속도가 느린 데다가, 동물을 너무나 사랑한 탓에 개를 부리기보다는 자기 학대를 하듯 사람이 썰매를 끌 것을 고집하는 바람에 더 느려져서, 그들은 아무도 기억하지 않는 2등이 되고 말았습니다.

"우리가 지향하는 건 임무 그 자체이지 뒤따르는 갈채가 아니다."

이 한마디를 남긴 채 스콧 일행은 발길을 돌렸습니다.

그러나 귀환 길에 애드거 에번스가 2월 17일에 추락해 사망합니다. 그리고 로렌스 에드워드 그레이스 오츠 대령은 두 발에 동상과 괴저병을 얻어 고통에 시달리게 됩니다.

3월 17일 오츠 대령은 자신 때문에 다른 대원들까지 위험해진다는 걸 깨닫고 극지방 탐험 역사상 가장 감동적인 말을 남기고 마지막 길을 떠납니다.

"밖에 좀 나갔다 올게. 그런데 시간이 좀 걸릴지도 모르겠네."

그는 비틀거리며 눈보라가 휘몰아치는 텐트 밖으로 나가 다시는 돌아오지 않았습니다.

공교롭게도 그날은 그의 서른두 번째 생일이었습니다.

3월 21일 마지막 생존자인 스콧, 에드워드 윌슨, 헨리 바우어스 세 명은 악천후와 괴혈병의 고통을 더 이상 견딜 수 없어 1200킬로미터 지점에다 텐트를 쳤습니다. 베이스캠프까지는 220킬로미터 정도 떨어졌고, 식량과 연료가 가득한 원톤 보급소까지는 불과 20킬로미터도 남지 않은 지점이었습니다.

7개월 뒤 수색대는 녹색의 작은 캔버스 텐트 안에서, 순록 가죽 침낭 속에서 얼어 죽은 주검 셋을 발견했습니다.

거기에는 비극적인 영웅들의 마지막을 기록한 일기와 편지 말고도, 말로 다할 수 없을 정도로 슬프고 가슴 뭉클한 것이 있었습니다.

고생대 후기 잎과 줄기 화석이 박혀 있는 지질학 표본석이 그 것입니다.

그들은 이 돌 16킬로그램을 비어드모 빙하에서부터 자그마치 650킬로미터나 끌고 왔던 것입니다.

원정대의 식량 무게를 소수점 이하까지 계산했던 스콧이 만약 이 돌들을 버렸다면 그들은 마지막 20킬로미터를 걸어서 살아 돌아올 수 있었을지도 모릅니다.

스콧 일행이 가져온 화석은 훗날 대륙이동설의 중요한 근거로 사용되었고, 지구의 과거와 미래에 대한 수많은 지리학·지질학적 상상력을 자극하는 계기가 되었습니다.

진심으로 남극을 사랑했던 스콧의 일기가 세상에 알려지면서 그들은 아름다운 2등으로 영원히 기억되었습니다.

얼마 전 남극 환전사무소에서 발행한 남극화폐에는, 성공한 아문센의 사진이 5달러 지폐에, 실패한 스콧의 사진이 10달러 지폐에 나란히 실려 있더군요.

민족, 종교, 이념과 사상을 위해 목숨을 바친 사람도 있지만, 화석과 그것이 상징하는 사라진 세계를 위해 목숨을 바친 사람들도 있습니다.

돈보다
사람

환갑을 앞둔 택시기사 백 씨는 식구라곤 두 내외뿐이라 악착같이 돈 벌 필요가 없습니다. 그런데도 그는 어두컴컴한 새벽 4시에 집을 나섭니다. 사납금과 식대 등 이것저것 제하면 겨우 하루 3~4만 원 빠듯하니, 아내의 불평이 이만저만 아닙니다.

어제 백 씨가 맞은 첫 손님은 30대 초반의 젊은 여자였습니다. 손님은 앞문을 팍 열어젖히곤 운전석 옆자리에 털썩 주저앉았습니다. 그러곤 다짜고짜 차를 고속도로로 올리라고 외쳤습니다. 차 안엔 손님이 풍기는 술 냄새가 진동했습니다.

잠시 후 손님은 묻지도 않았는데 제풀에 먼저 속내를 털어놓으며 눈물콧물을 쏟아냈습니다.

살림꾼 아내는 한 푼이라도 더 아끼려고 별별 고생을 다하고 있는데 남편은 접대부까지 대동하고 술집에서 120만 원어치나 술을 마셨다니 얼마나 화가 났겠습니까.

손님은 가방에서 만 원짜리 돈다발을 꺼내 흔들어댔습니다.

"저요, 무슨 일이 있어도 오늘밤 안에 이 돈 다 쓰고 말 겁니다. 이 돈 다 쓰기 전에는 절대 집에 안 들어갈 겁니다."

백 씨는 경력 40년의 베테랑 택시 운전기사입니다. 만취한 승객이 홧김에 내뱉은 말 그대로 고속도로를 달린다면 돈은 많이 벌 수 있을 겁니다. 하지만 그 돈이 어떤 돈인가를 생각하니 무턱대고 따를 수가 없었습니다. 시집간 딸과 며느리의 얼굴이 여자 승객의 얼굴과 겹쳤기 때문이지요.

백 씨는 조용히 차를 돌려 톨게이트를 빠져나왔습니다. 그리고 가까운 공원으로 향했습니다. 공원 입구에는 백 씨가 잘 아는 포장마차가 있었습니다. 백 씨는 주인 부부에게 손님을 맡기고 명함 한 장을 놓아두었습니다.

손님은 고맙다면서 택시비로 5만 원을 주었지만 백 씨는 미터기에 표시된 대로 2만 원만 받았습니다.

솔직히 택시기사들에게 만취한 젊은 여자 승객은 계륵과 같은 존재입니다. 술 취한 여자라고 함부로 대해서도 안 되지만 성가시다고 내칠 수도 없습니다. 반대로 지나치게 과잉보호해도 큰일입니다. 술 깨고 나면 자칫 엉뚱한 오해로 비화될 수 있으니까요. 억울하게 송사에 휘말려 패가망신한 동료도 본 적이 있습니다. 차라리 불친절하다고 욕을 먹는 게 더 낫다는 말이 공공연히 나돌 정도입니다.

백 씨는 나름대로 최선의 방법이었다고 자위하면서도 승객을 포장마차에 내팽개친 것 같은 자책감이 들어 내내 마음 한구석이 찜찜했습니다.

아니나 다를까, 한 시간도 안 돼 전화가 왔습니다. 백 씨는 포장마차로 달려가 곯아떨어진 손님을 깨워 가까스로 차에 실었습니다. 그리고 이 생각 저 생각 끝에 이번엔 친구가 운영

하는 모텔에 데려다주고 각별히 보호해달라고 부탁해놓았습
니다.

돌아오는데 아차 싶었습니다. 손님이 잠드는 바람에 차비를
받지 못한 겁니다.

백 씨는 혼자 너털웃음을 지었습니다.

"돈보다는 사람이 먼저 아닌가?"

백 씨 같은 사람이 이 세상을 움직이는 힘이 되었으면 참 좋
겠습니다.

아버지와의 하룻밤

팔순이 넘은 어머니가 돌아가셨습니다. 다들 호상이라며 좋아했지만 환갑이 넘은 아들은 오히려 걱정이 태산 같았습니다. 어머니 없이 여생을 혼자 외롭게 살아가실 아버지 걱정이 이만저만 아니었습니다.

아들은 아버지가 사시는 집으로 들어가려 했지만 집이 워낙 좁아서 그럴 수가 없었습니다. 반대로 아버지를 자신의 아파트로 모시려 해도 아버지가 한사코 싫다고 하시니 어쩔 도리가 없었습니다.

궁리 끝에 아들은 아버지와 함께 살기 위해 아파트를 팔고 단독주택으로 이사를 하기로 했습니다. 집수리를 하면서 불편하시지 않게 아버지가 생활할 공간도 따로 마련해두었습니다.

그러나 아버지는 막무가내로 이사를 거절했습니다. 신혼 때부터 어머니와 육십 평생을 동고동락한 그 집을 떠날 수 없다는 것이 그 이유였습니다.

아들은 할 수 없이 당분간이란 조건을 달고 아버지를 혼자 지내시게 할 수밖에 없었습니다.

그러던 어느 날이었습니다.

아버지를 찾아뵌 지도 서너 달이 훌쩍 지난 걸 알고, 아들은 부랴부랴 아버지를 찾아 나섰습니다. 전에 없이 반색하며 맞아주시는 아버지를 보자 아들은 목이 메었습니다.

아들은 당장 아버지를 집으로 모셔왔습니다.

그날 밤 아들은 아내에게 혼자 자라고 이르고, 아버지 방에 자리를 펴고 아버지와 나란히 누웠습니다.

철 든 뒤로 아버지와 한방에서 자보기는 처음인 것 같았습니다. 오랫동안 아버지 옆에는 항상 어머니가 있었고, 아들의 옆에는 항상 아내가 있었으니까요.

커튼 사이로 달빛인지 가로등 불빛인지 모를 희미한 빛 한 줄기가 흘러들었습니다.

아버지와 보내는 첫날밤에 마음이 훈훈해져서 그랬는지 아들은 금세 잠이 들고 말았습니다.

다음날 아침 깨어나 아들은 제일 먼저 옆자리에 누운 아버지 얼굴부터 들여다보았습니다. 아버지는 얼굴에 잔잔한 미소를 띠고 있었습니다. 그러나 감긴 눈은 영원히 깨어나지 않았습니다.

아버지와 한방에서 보낸 그 첫날밤이 마지막 밤이 된 것입니다.

소설小說 같은
소설小雪

"눈을 좋아하시나요?"

목소리를 깔면서 남자가 물었습니다. 여자는 말없이 고개를 끄덕였습니다.

"그럼 우리 첫눈 오는 날 만나기로 하죠."

한여름 태양이 작열하는 바닷가 모래사장에서 우연히 만나 불타는 하룻밤을 보낸 남자와 여자는 '피서지에서 만난 남녀는 헤어진다'는 속설을 부정하며 재회를 기약하였습니다.

그리고 정말 첫눈이 펑펑 내리는 날 남자와 여자는 기적처럼 만났습니다.

나란히 길을 걸으며 눈을 밟았고, 음악이 흐르는 카페에서 커

피를 마시고, 슬픔이 가득 찬 와인 잔을 기울였습니다. 이윽고 밤이 깊어 헤어질 시간이 다가왔습니다.

여자가 조용히 입을 떼었습니다.

"그동안 사랑하는 사람이 생겼습니다."

여자의 이 한마디에 달콤했던 첫 만남은 마지막 만남이 되었고, 남자는 괴로움이 너무 커서 술을 퍼마셨습니다.

그러곤 비틀거리며 돌아온 추운 방에서 시를 써서, 마침내 시인이 되었습니다.

"사랑을 하면 시처럼 살고, 사랑을 잃으면 시를 쓰리라."

일 년 삼백육십오 일이 소설小說 같은 날이었으면 좋겠습니다. 아니 소설小說 같은 사랑이 첫눈처럼 찾아오는 소설小雪이었으면 좋겠습니다.

그 옛날 예루살렘은 기독교도와 유대인과 무슬림이 서로 이웃하며 사이좋게 살던 도시였습니다. 그러나 1차 십자군전쟁 때인 1099년 예루살렘을 점령한 십자군은 무슬림과 유대인의 모든 재산을 약탈하고, 집을 불태우고, 이슬람 사원과 유대인 성지를 파괴했습니다. 그뿐 아니라 남녀노소 안 가리고 무슬림과 유대인을 단 한 명도 남기지 않고 잔인무도하게 학살했습니다. 어린아이들의 머리를 미늘창 끝에 꽂아 매달았고, 노인과 여자들을 고문하고 불태웠습니다. 그때 예루살렘의 모든 거리에는 피의 강이 흘러넘쳤습니다.

십자군의 이 잔인무도한 학살극은 결과적으로 전체 무슬림의 연대와 지하드(성전)를 부추겨, 90년 뒤인 1187년 이슬람 연합군은 하틴 전투에서 기독교 왕국을 궤멸시키고 예루살렘 땅을 되찾았습니다.

당시 이슬람 연합군을 이끈 총사령관은 이슬람 역사상 최고의 영웅인 술탄 '살라흐 앗 딘'입니다.

그는 키가 작고 가냘픈 몸매에 단정하게 수염을 기른 사색적인 풍모의 소유자였습니다. 겸손하고 동정심이 많으며 절제의 미덕을 지닌 그는 하루에 한 끼 저녁 식사만 제대로 할 만큼 아주 검소하고 소박했습니다. 또 시와 예술, 학문을 사랑했고, 사람을 함부로 죽이지 않았으며, 무엇보다 기독교의 신앙을 존중할 줄 아는 관용의 황제였습니다.

그는 예루살렘을 탈환한 뒤 복수의 혈전을 벌이지 않았습니다. 물론 이슬람의 몇몇 아미르(제후)들은 예루살렘 거리에 기독교도들의 피가 흐르기를 바랐습니다. 하지만 그는 "우리는 모두 성서의 사람들이며 이 도시는 성서를 믿는 모든 사람의 것"이라는 말로 그들의 분노와 복수심을 잠잠하게 하고 그들의 두려움을 가라앉혔습니다. 기독교도들에게는 이슬람으로 개종하면 조건 없이 받아들여 재산도 가족의 생명도 보장해 주기로 했습니다. 개종하지 않을 경우에도 전 재산과 가족을 데리고 예루살렘을 떠날 것을 명했을 뿐입니다.

이후 살라흐 앗 딘은 인류 역사에 심어놓은 관용의 정신으로 영원히 우리에게 남았습니다.

천 년이 더 흘러도 인류가 그를 잊지 말아야 하는 이유입니다. 영원할 것 같은 저 우주의 하늘에 '관용'이란 두 글자를 새겨 봅니다. 그리고 팔레스타인을 비롯한 지구상의 수많은 분쟁 지역에서 숨진 희생자들과 부상자들, 고통받는 난민과 고아들을 생각합니다. 앞으로 이 지구상에 더 이상 전쟁 때문에 고통받는 사람이 없었으면 좋겠습니다.

* 살라흐 앗 딘은 아랍어 발음이고, 살라딘은 영어 발음입니다.

김 목수

10년 만에 낡은 집을 수리하게 되었습니다.

이번에 집수리를 도맡은 김 목수와의 질긴 인연은 지금으로부터 거의 20년 전으로 거슬러 올라갑니다. 갓 스물을 넘긴, 소년같이 앳되었던 그가 이제 꼭 찬 마흔이 되었으니, 20년 세월도 '눈 깜짝할 사이'라는 말이 실감납니다.

유독 시를 좋아해서 가끔 술자리에서 좋은 시 몇 편을 통째로 줄줄 외워 주위 사람을 흠뻑 감동에 젖게 하는가 하면, 그가 쓴 시 중에 지금도 많은 사람이 기억하고 있는 좋은 시도 몇 편 남아 있습니다.

20대 때만 해도 그는 성질이 얼마나 급한지 말보다 몸이 먼저 앞서 나가는 그런 사람이었습니다. 누구누구에게 전화해서 물어볼까 하고 의향을 타진하기가 무섭게 이미 수화기를 들고 다이얼을 돌리질 않나, 어딜 가볼까 하고 운을 떼기가 무섭게 벌써 신발을 신고 현관문을 나서는 식이었습니다.

아이엠에프가 터지자 그가 다니던 회사는 문을 닫았고, 그는 정리해고 후 노동조합 활동도 접고, 목수의 길로 들어서서 지금까지 줄곧 전국을 떠돌아다니며 일해왔습니다. 그렇게 한동안 뜸했던 그와의 인연이 집수리를 기회로 다시 가까워지게 된 것이지요.

그런데 이번에 보니 아주 딴 사람이 되었더군요. 불덩어리 같던 열정이 식은 거야 나이 탓이라고 하겠지만, 번갯불에 콩 구워 먹던 화급한 성격이 누그러진 걸 보고는 깜짝 놀랐습니다. 덤벙대기 일쑤고 실수 만발이었던 그가 신중하고 치밀한 사람으로 변한 걸 보니 마치 딴 사람을 보는 것 같았습니다.

순간 가슴이 찡했습니다. 사람이 저렇듯 변하려면 얼마나 모진 세월을 모루 위에서 견뎌야 했을까요? 망치질과 대패질에 피멍 들고 찢겨나간 살점은 오죽 아팠을까요?

굵어진 손마디와 가죽처럼 변한 손바닥에 박인 굳은살이 먼저 대답해주더군요.

몸이 고달프고 아픈 건 약과라고, 마음의 상처는 그보다 몇 갑절 더 컸다고, 절망을 희망으로 바꾸기까지 흘린 피땀과 눈물은 가늠조차 하기 어렵다고, 소나기처럼 쏟아지는 지청구와 욕설을 속으로 삭이고 또 삭이면서 독한 세월을 보냈다고, 그러다 보니 마음에도 굳은살이 박였다고 대답해주더군요.

나이 한 살을 더 먹는다는 게 두렵기만 합니다.

버스가 정류장에 멈췄습니다. 정류장에는 젊은 두 연인이 다정하게 담소를 나누고 있었습니다.

햇살이 따가운지 여자가 눈살을 찌푸리며 손바닥으로 햇살을 가렸습니다. 그러자 남자가 양복 윗저고리를 벗어 머리에 뒤집어쓰고는 허수아비처럼 양팔을 쫙 벌리는 게 아니겠습니까. 사랑하는 연인을 위해 온몸으로 따가운 햇살을 막아주겠다는 것이지요.

남자의 자상하고 세심한 배려에 감동한 여자가 남자의 품으로 파고들었습니다.

차창 밖에 펼쳐진 이 광경을 처음부터 끝까지 지켜본 버스

승객들의 얼굴에도 하나같이 흐뭇한 미소가 파문처럼 번졌습니다.

그때 한 아줌마 승객이 혀를 끌끌 찼습니다.

"아들 다 소용없다니까. 지 애인한테 해주는 반의반만큼 지 엄마한테 해줘봐라. 효자 되고도 남지. 팔불출 같은 놈!"

그러자 옆에 있던 또 다른 아줌마의 목소리가 들렸습니다.

"웬 심술이야? 딸이 있었으면 당장 사위 삼고 싶구먼그래."

이번엔 뒷좌석에 앉은 한 여자가 동행한 남자의 옆구리를 팔꿈치로 쿡 찌르면서 눈짓으로 두 연인을 가리켰습니다. 그리고 부러움을 가득 담은 눈으로 웃었습니다.

"자기도 좀 보고 배우지. 응?"

남자는 볼멘 목소리로 퉁명스럽게 내뱉었습니다.

"야야, 사내새끼가 저게 뭐냐? 저런 놈들이 남자 망신 다 시킨다니까."

여자가 '푸' 하고 입술을 삐죽 내밀면서 홱 하고 고개를 돌렸습니다.

"난 좋기만 하네, 뭐!"

"뭐 저 정도에 감동받고 그러냐? 저건 아무것도 아냐. 난 아예 승용차로 모실 거니까."

여자가 남자의 팔짱을 끼더니 살포시 어깨에 고개를 눕혔습니다.

버스가 서서히 출발했습니다.

정류장에 멈춘 건 채 1분도 안 되는 짧은 순간이었지만, 그 시간이 그렇게 행복할 수가 없었습니다.

흉터

한 소년이 매미를 잡으러 나무에 올라갔다가 떨어져, 그만 머리에 큰 달굼쇠 낙인처럼 흉측한 흉터를 갖게 되었습니다.

소년은 사춘기 내내 '쌤통, 땜통'이란 별명을 들으면서 자랐고, 이로 인해 그는 머리에 심한 소심증을 갖게 되었습니다.

어른이 되자 그는 머리를 길러 흉터를 가렸고, 흉터가 안 보이게 되자 어느새 소심증도 따라서 눈 녹듯 사라지고 말았습니다.

어느덧 세월이 흘렀습니다.

소년의 나이도 오십 줄에 접어들었고, 반백이 된 머리털이 헤실헤실 벗겨지면서 다시 흉터가 드러났습니다. 그러자 흉터와 함께 땜통 시절의 소심증도 되살아났습니다. 소년은 머리칼 몇 올로나마 흉터를 가려보려고 안간힘을 썼습니다. 그러다 보니 손이 자꾸 머리로 올라가는 게 버릇이 되었습니다.

현기영의 소설 《지상에 남은 숟가락 하나》에 나오는 이야기 한 토막입니다.

오랫동안 잊고 있던 상처와 그리움, 회한과 아쉬움, 온갖 세월의 그림자가 자꾸만 발목을 잡습니다.

슬픔이 어떻게
힘이 되는지

인도 여성 킨크리 데비가 숨진 것은 2007년 12월 30일이었습니다.

데비는 불가촉천민(달리트) 계급이자 빈농의 딸로 태어나 세계적 환경운동가로 살다 간 여성입니다. 태어날 때부터 지독한 가난과 육체적 고통에 시달리면서 밑바닥 여성으로서 모든 불행을 겪었음에도 불구하고, 데비는 환경을 지키는 싸움에서 한 발짝도 물러서지 않았습니다.

"언젠가 죽어야 한다면, 뭔가를 위해 싸우다 죽는 게 낫다."

데비는 자신의 이름도 쓸 줄 모르는 문맹이었습니다. 게다가 온실효과를 가져오는 오염 물질의 이름이 뭔지조차 몰랐던 여성이었습니다. 하지만 그녀가 온몸으로 환경 파괴에 맞서 광산주와 채굴업자를 상대로 싸우는 데는 아무런 지장이 없었습니다.

어떻게 그럴 수 있었냐고요?

"삶이 가르쳐준 것만으로도 충분했습니다."

이것이 데비의 대답이었습니다.

대운하 건설에 맞서 싸우는 데는 명문대 학위도 필요 없고, 교수나 전문가처럼 거창한 학문적 이론을 알아야 할 필요도 없습니다.

대운하 때문에 우리가, 우리 산하가 겪을 슬픔을 이해할 수 있으면 됩니다.

그러면 그 슬픔이 어떻게 힘이 되는지, 삶이 가르쳐줄 것입니다.

겨울나무 – 지실가지
노부부의 겨울나기

저녁을 먹으며 〈6시 내 고향〉을 봅니다.

여러 꼭지 중에서도 매주 금요일에 나오는 '강산별곡'을 즐겨

봅니다.

지난주엔 전북 장수군 장수읍 덕산리, 장안산 국립공원, 해발

760미터, 지실가지 마을에 사는 60대 노부부의 겨울나기 이

야기가 나왔습니다.

노부부는 9년 전 이 마을에 들어왔습니다.

할아버지는 건강이 좋지 않은 할머니를 위해 손수 귀틀집을

지었습니다.

차도 전기도 들어오지 않는 산골 오지마을, 고작 네 가구뿐

인, 일명 '네 지붕 한 가족'인 마을이지만 그나마 겨울이면 이웃들은 집을 비우고 따뜻한 도회지로 나가 살고, 마을엔 오직 노부부만이 삽니다.

새벽 5시, 할아버지는 수탉 울음소리에 잠을 깨 아궁이에 군불을 지핍니다.

할머니의 편안한 새벽잠을 위해서입니다.

용돈벌이로 키우는 흑염소 '담배'들에게 먹이도 줍니다.

'담배야' 하고 부르면, 담배를 싫어하는 흑염소들이 쳐다본다고 해서 붙여진 이름입니다.

다니기 좋게 도랑 주변도 정리합니다.

그 사이 할머니는 따뜻한 아랫목에서 느긋한 아침을 맞습니다.

땅속에 묻어두었던 김칫독을 열고 김치 반 포기를 꺼내고, 구덩이 속에서 무며 감자를 꺼내 아침을 준비합니다.

지실가지 마을에 종일토록 눈이 내립니다.

하늘도 땅도 온통 하얀 눈 세상입니다.

밖으로 통하는 모든 길은 눈 속에 파묻혔습니다.

장작이 타는 아궁이 앞에 나란히 앉은 노부부의 얼굴에 저녁 노을이 붉습니다.

할머니가 홍조를 띠고 동요 한가락을 낭창낭창 뽑습니다.

나무야 나무야 겨울나무야 눈 쌓인 응달에 외로이 서서

아무도 찾지 않는 추운 겨울을

바람 따라 휘파람만 불고 있느냐

— 이원수 작사, 정세문 작곡, 〈겨울나무〉

읍내 장에 볼일이 있어 외출하는 날, 할아버지와 할머니는 등에 배낭을 지고 다정한 연인들처럼 손을 맞잡고 집을 나섭니다. 할아버지가 앞장서서 눈 속에 파묻힌 길을 내면 할머니는 그 발자국 뒤를 따라갑니다.

그해 겨울,

형님이 거처하는 행랑채에서는 새벽녘까지 불이 꺼지지 않았
습니다.

그리고 그 방 쓰레기통에는 완성되지 못한 시어들이 쌓여갔
습니다.

아침에 일어나보면

아버지는 소죽 끓이는 솥에 불을 때면서

형님이 쓰다 버린 습작시 원고지들을 한 장 한 장 펴서

반쪽은 화장실에 매달아놓고,

나머지 반쪽은 접고 또 접어,

봄에 쓸 요량으로

호박이며, 고추, 토마토 모종 모판을 준비했습니다.

형님은 그해 겨울을 버티지 못하고

원고 뭉치를 몽땅 아궁이에 집어던지고

온다 간다 말 한마디 없이

어느 날 집을 나갔습니다.

그로부터 십 수 년이 흐르고,

동생은 농사를 지으며,

아직도 화장실에 앉아

형님이 쓰다 만 습작시를 읽으며

형님 소식과 봄소식을 함께 기다립니다.

부부 사랑

오래전 일입니다. 청량리에서 통일호 기차를 탔습니다. 양평을 지나 용문, 원주로, 제천에서 잠시 섰던 기차는 단양에 들러 희방사역을 향해 달리고 있었습니다.

토요일인데도 농사철이라 그런지 기차 안은 한산했습니다.

내 앞에는 제천에서 탄 초로의 중년 부부가 아까부터 자리를 잡고 앉았습니다. 어디 결혼식장에 가는 길인지 한복을 떨쳐 입었는데, 옷치장에 꽤나 신경을 쓴 듯했습니다. 그러나 농사일로 거칠어진 그들의 손은 모처럼 듬뿍 바른 화장품으로도 가릴 수 없었습니다.

부인은 앉자마자 창 쪽으로 쓰러져 곧 잠이 들었습니다. 잠시 후엔 코 고는 소리까지 들렸습니다. 남편은 앞에 앉은 승객의 눈치를 살피며 부인의 옆구리를 툭툭 쳤습니다. 깊은 잠에 빠진 부인은 남편의 무안함에도 아랑곳없이 계속 코를 골았습니다.

남편은 아까보다 조금 더 세게 부인의 옆구리를 툭툭 쳤습니다. 그제야 부인은 알았다는 듯 잠시 코 고는 걸 멈추었습니다. 그러고는 눈을 감은 채 치마를 훌쩍 들치고 태연하게 속바지를 내리더니 허연 엉덩이를 내놓는 것이 아니겠습니까.

순간 남편은 무안함과 창피함에 어쩔 줄 몰라 당황한 나머지 얼른 입고 있던 두루마기를 벗어서 아내의 엉덩이를 살며시 가려주었습니다.

이윽고 기차가 풍기역에 도착했습니다.

부부는 아무 일 없었다는 듯 나란히 플랫폼을 빠져나갔습니다.

작년 늦가을, 40대 초반의 인상 좋은 여자가 혼자 우리 마을로 이사를 왔습니다.

백 가구가 채 안 되는 작은 마을이다 보니, 아무개 집에는 식구가 몇인지, 언제 누가 찾아왔다 갔는지, 어디서 택배가 얼마나 자주 오는지, 손바닥 들여다보듯 훤합니다.

심지어 저 집에 숟가락이 몇 개인지까지 훤히 알 정도입니다.

이런 마을에 야무지고 예쁘장한 여자가 그것도 혼자서 이사를 왔으니, 온통 관심이 집중될 수밖에요.

처음에는 이혼녀나 나이 많은 독신녀로 여겼습니다.

그런데 이사 온 지 얼마 안 돼 웬 비쩍 마른 남자 하나가 가끔

씩 그 집을 들락거리는 것이 목격되었습니다. 한 달에 한 번 아니면 보름에 한 번, 주기적으로 그 남자는 그 여자네 집을 드나들었습니다.

마을 사람들은 모였다 하면 그 여자 이야기로 한동안 입방아를 찧었습니다. 치정이다, 불륜이다 한참 숙덕거리기도 했습니다. 여자가 바람피우다가 이혼당한 거다, 아니다 유부남이 마누라 몰래 살림 차린 거다, 서로가 자기 말이 맞다고 입씨름까지 벌어졌습니다.

어느 날 아침, 물을 뜨러 안샘에 나갔다가 우연히 그 여자와 그 남자를 만났습니다. 둘이 함께 물을 뜨고 있는 모습이 여간 다정해 보이지 않았습니다.

먼저 눈인사를 보냈습니다. 그 여자도 인사를 하더니, 옆에 있는 그 남자를 나에게 소개했습니다.

두 사람은 그저 평범한 부부였습니다.

남자는 자신의 직업이 단청공이라고 했습니다. 단청은 주로

절에서 많이 하는 작업이라서 깊은 산이란 산은 안 가본 데 없이 전국을 돌아다닌다고 푸념처럼 털어놓더군요.

나는 은근슬쩍 급소를 찔러봤습니다.

"이렇게 예쁜 아내를 혼자 두고 보름씩 한 달씩 멀리 나다니다 보면 불안하지 않으세요?"

남자는 사람 좋은 얼굴로 그냥 수줍게 씩 웃더군요.

하지만 그 다음에 무심한 듯 이어진 그 남자의 대답을 들으면서 나도 모르게 가슴이 아련해지고 말았습니다.

"믿으니까요……. 집안에 안 좋은 일이 생기면 나보다 손에 쥔 붓끝이 먼저 알데요. 처마 밑에 매달려 붓질할 때마다, 항상 집사람이 느껴지는걸요……."

미세한 붓끝의 떨림에서 깊고 아름다운 사랑을 만난 그날 아침은 참으로 행복한 날이었습니다.

못난이 새

지리산 왕시루봉 아래 사는 한 지인으로부터 '새' 한 마리를
선물 받았습니다.
젊어 한때 시를 공부하다 중단했지만 그가 살아가는 모습은
여전히 한 편의 시입니다.

그쪽 하늘로 새 한 마리 날려 보냅니다
지난겨울, 형제봉 근처를 거닐다
벌목한 솔갱이에서 떨어진 것을 잡은 것입니다
저를 닮아 앞뒤 분간 없고,
주책맞고,

조금은 어눌한 게
선생님 성에 찰지는 모르겠습니다

그 새
지금은 비록 하늘을 날지 못하고
땅에 엎드려
먹을 것을 구걸하지만
언젠가는 제 조상이 하늘을 훨훨 날아올랐다는 기억을
되찾을 날이 오겠지요

먼 훗날, 그 새
알 낳아 부화하거든
마음 따뜻한 분들께 한 마리씩 분양해주십시오
저에게는 새 이름이나 예쁘게 지어 알려주시고요

그가 선물해준 '새'는 소나무 가지로 만든 손바닥만 한 숫대

입니다.

자세히 보니 진짜 그를 닮아 그런지 머리가 유난히 크고 조금

은 어눌해 보이기도 하네요.

청년 화가

이웃 마을에 화가 한 분이 살고 계십니다. 칠십이 내일모레지만 왕성한 작품 활동을 하는 분입니다.

몇 달 전까지만 해도 치매기가 있는 아흔 살 노모의 수발을 들며 밥하고 빨래하며 집안 살림까지 도맡았습니다. 부인이 서울에 올라가 맞벌이 아들네 손자를 돌봐주는 바람에 모든 걸 혼자 도맡을 수밖에 없었습니다.

그 노모가 몇 달 전 돌아가셨습니다. 그동안 여행 한번 마음 놓고 다니지 못했고, 화실에서 작업하다가도 식사 시간만 되면 집으로 부리나케 달려가 노모의 밥상을 차려낸 분이었기에, 이구동성으로 호상이라 말하는 것도 무리는 아니지요.

고등학교 때까지 전국의 미술상이란 상은 다 휩쓸어 천재 화가 소리도 들었고, 미술대학에 들어가 서양화도 전공했지만 그는 대학을 졸업하자마자 미련 없이 붓을 버렸습니다. 홀어머니에 5남 2녀의 장남이라는 막중한 책임감에 떠밀렸기 때문이지요.

동생들이 다 독립하고 세 아들이 학업을 마친 뒤에야, 두 어깨에 짊어졌던 책임감을 내려놓고 쉰이 넘어 붓을 다시 잡았습니다. 새 출발이 너무 늦은 건 아쉽지만, 그렇다고 후회는 하지 않는답니다. 원로 화가보다는 청년 화가로 불리는 게 더 좋지 않느냐고 웃으십니다.

가끔 저녁 때 바닷가로 산책을 나갈 때가 있습니다. 어선들이 꽉 들어찬 부두의 주차장 앞 건물 2층이 바로 선생님의 화실입니다.

지난겨울, 2층 화실에는 밤이 늦도록 불이 켜져 있었습니다. 작업을 방해하는 것 같아 그냥 발길을 돌려 집에 돌아오면 나도 모르게 책상 앞에 앉게 됩니다. 엄동설한에 장갑을 낀 채 붓을 들고 있는 노화가를 생각하면 차마 따뜻한 방바닥에 누워 있을 수가 없는 겁니다. 저절로 분발심이 납니다.

어느 땐 염치 불구하고 문을 두드립니다. 작업실 안에서 그림물감 냄새가 훅 풍깁니다.

"작업이 잘 안 풀릴 땐 어떻게 하세요?"

어리석은 질문에 선생님이 웃으십니다.

"그냥 앉아 있지요. 이렇게 계속 쳐다보면서요."

화폭을 뚫어져라 응시하는 모습이 마치 면벽 수행하는 수도승처럼 보입니다.

20평 가까운 넓은 작업실에는 작은 전기난로 하나가 꽁꽁 언 손가락을 녹여줄 뿐입니다. 하지만 화실 안을 빼곡하게 둘러친 캔버스를 둘러보면 어느새 추위를 잊고 맙니다. 화폭에서 뿜어져 나오는 뜨거운 열정과 폭발할 듯한 에너지에 얼어붙었던 내 몸과 마음이 순식간에 녹아버립니다. 심지어 온몸에 긴장감이 돌고, 나도 모르게 외경심에 고개가 숙여집니다.

추상화는 낯설고 난해합니다. 그런데 그 낯섦과 난해함이 보는 사람을 자유롭게 합니다. 보는 사람 맘대로 자유로운 상상의 날개를 펴게 합니다.

그림을 보고 온 날이면 잠이 잘 오지 않습니다. 기분이 들떠서 다리가 좀체 땅에 닿지 않습니다. 구름 위로 둥둥 떠다니는 듯합니다.

꼭 막혔던 머릿속이 뻥 뚫린 것처럼 시원하기도 합니다. 기가 통한다고 할까요? 아니면 기를 받는다고 할까요? 그림에서 힘을 얻고 에너지를 얻고 생동하는 생명력을 얻습니다.

아무래도 그 그림들이 나를 자유롭게 하기 때문인가 봅니다.

음악으로 맺은 인연

대청소를 하다가 우연히 먼지투성이인 박스를 하나 발견했습니다. 궁금해서 열어보니 레코드판이 가득 들어 있더군요. 한때 오디오에 미쳤던 시절이 있었습니다. 그때 열심히 모은 레코드판 천여 장이 아직도 박스에 차곡차곡 쌓여 있습니다. 이삿짐을 쌀 때마다 버려야지, 버려야지 하면서 못 버리고 지금까지 끌고 다니다가 그만 새까맣게 잊고 만 것이지요.

다시 꺼내보니 가슴이 아련합니다. 귀한 원판이라면 비싼 값에 팔 수도 있겠지만, 흔하디흔한 LP판이야 무슨 가격이 있겠습니까. 그런데도 무슨 미련이 그렇게 많은지 아직도 버리지 못하고 있으니 애물단지가 따로 없습니다.

이것저것 들추다 보니 구입한 날짜와 구입하게 된 사연이 짤막하게 적혀 있는 재킷들이 더러 보입니다. 생일, 이사, 입학, 졸업, 결혼기념일 등 사연도 가지가지입니다. 가끔은 깨알만한 글씨로 누가 언제 선물했다는 기록도 보입니다.

그중에는 그저 재킷의 사진이나 그림이 좋아서 산 것도 있습니다. 하지만 대부분은 내가 한때 열광했던 음악들입니다. 포크가 정치로 인식되던 시절엔 포크를 많이 들었지요. 난해하기로 이름난 딥 퍼플의 〈에이프릴〉을 들으며 록에 심취한 적도 있고, 기계음 같은 크라프트베르크의 〈라디오 액티비티〉를 수십 번 반복해서 듣기도 했습니다. 아마도 그때 나는 아방가르드를 꿈꾸었나 봅니다.

오랜만에 입속으로 멜로디 몇 소절을 흥얼거리니 절로 입가에 미소가 지나갑니다.

어떤 재킷에는 구입한 가게 이름이 또렷이 적혀 있습니다. 종로 어디, 명동 어디, 대학로 어디…… 그때마다 거리의 풍경과 가게 앞 스피커에서 쩌렁쩌렁 울리던 음악 소리, 가게 주인의 얼굴이 스치고 지납니다.

그중 제일 빈번하게 등장하는 가게 이름은 '클래식'입니다.

시청 앞 로터리에서 서소문 방향으로 꺾어지는 코너에 있던 두서너 평 남짓한 아주 작은 레코드 가게입니다. 지금은 흔적도 없이 사라졌지만 주인 얼굴은 아직도 기억납니다. 프리랜서 방송작가로 일주일에 두어 번 방송국에 드나들 때였는데, 그 가게가 방송국 가는 길목에 있어서 특별한 일이 없어도 오가며 들르다 보니 단골 아닌 단골이 된 셈이죠.

가게 이름도 평범하지만, 가게 주인 역시 평범한 중년 아줌마였습니다. 뮤지션이나 아티스트와는 거리가 멀어도 한참 먼 분위기랄까요?

그럼에도 그 가게에 단골손님이 많았던 이유는 무엇보다 클래식 희귀 음반을 많이 소장하고 있기 때문이었습니다. 음악에 대해선 잘 모르지만, 음악을 좋아하는 사람에 대해선 조금

안다며 겸손하게 웃던 주인 얼굴이 지금도 잊혀지지 않습니다. 손님이 듣고 싶은 레코드판은 어떻게 해서든, 어디서든 찾아다 구해주는 그 정성 때문에 단골이 많아졌는지도 모릅니다.

방송국을 떠난 뒤로 내 발길은 끊겼고, 가게 역시 서소문 일대가 재건축되는 바람에 헐려버려 오랫동안 까맣게 잊고 있었습니다. 하긴 20년도 더 지난 세월이니 그럴 만도 합니다.

그런데 참 놀라운 일입니다. 레코드판을 꺼내놓고 한참 흘러간 추억의 페이지를 넘기고 있는 바로 그때, 우연히 한 후배가 몇 달 만에 전화를 걸어왔습니다. 그리고 느닷없이 그 후배 입에서 '클래식'이라는 가게 이름이 나왔습니다.

"누나, 그 가게 주인 아줌마 생각나? 그래, 우리 거기서 자주 만났잖아. 그분이 엊그제 돌아가셨대."

순간 온몸에 소름이 돋았습니다. 바로 이런 소식을 들으려고 그랬구나. 왜 하필이면 오늘 봄맞이 청소를 하고 싶었는지,

왜 굳이 그 먼지 쌓인 레코드판 박스를 열어보게 되었는지, 왜 불현듯 '클래식'이 떠올랐는지, 이제야 그 수수께끼가 풀리는 듯했습니다.

"그 아줌마 딸하고 음악프로 담당 피디 하던 내 친구하고 결혼했잖아. 그렇지, 그분이 내 친구 장모가 되는 셈이지. 지금 장지에서 오는 길인데, 그때 그 가게를 드나들던 단골손님들이 알음알음 알고 많이들 찾아왔지 뭐야. 세상에는 별별 인연도 다 있구나 싶은 게……. 음악으로 인연을 맺은 사람들의 배웅을 받고 떠나는 그분 모습이 참 보기 좋더라고. 그만하면 참 잘 산 거 아니오?"

배 고 프 면

밥　　먹　　고

졸　　리　　면

잠　　잔　　다

'산은 산이요, 물은 물이다.'

성철 스님의 법어로 더 유명해진 공안公案입니다.

"노승이 30년 전 참선하러 왔을 때는 산은 산이고 물은 물이었다. 뒤에 선지식을 친견하고 깨달은 것이 있게 되자 산은 산이 아니고 물은 물이 아니었다. 그러나 이제 몸뚱이 쉴 곳을 얻으매 예전처럼 산은 산이요, 물은 물일 뿐이다."

30년 수행과 공력이 처음 본래 자리로 돌아오기 위한 고초라지만, 그 30년의 거리는 천양지차라서 그 산과 물에 담긴 뜻은 도무지 같을 수가 없을 것입니다. 그럼에도 산은 여전히 산이고, 물은 여전히 물일 수밖에요.

60여 년을 함께 산 노부부가 손잡고 병원에서 건강진단을 받는 모습이 참 보기 좋았습니다.

한때는 뜨겁게 사랑했을 터이고, 한때는 그 사랑에 권태를 느끼고 부정하고 미워하기도 했을 겁니다.

원래 사랑이라는 건 열정이라는 거품이 걷히고 나면 달라 보이게 마련이니까요.

그러다가 그 애증마저 뛰어넘어 마침내 본래의 사랑으로 돌아온 것이 바로 저 노부부의 아름다운 사랑이겠지요.

그러고 보면 속인들의 속절없는 사랑도 깨달음의 경지에 이르면 아름다울 수 있음을 알았습니다.

우리는 종종 아무렇지도 않게 사랑의 맹세를 하곤 합니다.

"사랑하는 사람을 위해서라면 무엇이든 다 해줄 수 있다"고.

그러나 정말 사랑하는 사람을 위해 우리가 해줄 수 있는 일은

별로 없습니다.

사랑하는 사람이 몸이 아파도, 내가 대신 아파줄 수 없습니다.

사랑하는 사람이 좌절과 절망에 빠져도, 내가 그 좌절과 절망

을 대신해줄 수도 없습니다.

아무리 사랑한다 해도, 내가 사랑하는 사람을 위해 해줄 일은

아무것도 없습니다.

기껏 해줄 수 있는 거라곤 그 옆을 지켜주며 마음으로 위로해

주는 게 고작입니다.

그런데도 우리는 한 시간도 그 옆을 지켜주지 못합니다.

지금은 시간이 없다고, 너무 바쁘다고, 핑계를 댑니다. 나중에 시간이 나면, 한가해지면, 그땐 하루 종일 옆에 있어주겠다며 뒤로 미룹니다.

사랑한다는 말 한마디면 충분한데도, 다른 조건을 앞세웁니다.

지금은 돈이 없다고, 돈 많이 벌면 그때 뭐든 다 해주겠다고 큰소리칩니다.

영화 〈흐르는 강물처럼〉에 나오는 한 대사가 기억납니다.

"사랑이란 상대방이 원할 때, 그리고 상대방이 원하는 것을 해주는 것이다."

오늘은 정말 아무런 조건이나 이유 달지 않고, '지금 당장', '사랑하는 사람이 가장 원하는 뭔가'를 해보고 싶습니다.

옛날 중국에 조상 대대로 무명을 바래는 한 염색장이가 살고 있었습니다.

어느 날 염색 도중 그는 손발을 트지 않게 하는 귀한 약 처방을 알게 되었습니다.

소문이 퍼지자 한 나그네가 찾아와 금 백 냥을 줄 테니 약 처방전을 팔라고 했습니다. 그는 너무 기쁜 나머지 두말없이 약 처방전을 팔았습니다.

그 길로 나그네는 오吳나라 왕을 찾아가 약 처방전을 군대에서 쓰도록 권했습니다.

얼마 후 한겨울에 오나라와 월越나라 사이에 오월 전쟁이 일어났습니다. 오나라는 그 약 덕분에 한겨울에도 군인들의 손발이 얼지 않아 크게 승리하였고, 승리의 대가로 나그네는 대부의 벼슬에까지 올랐습니다.

한 사람보다 여러 사람을 이롭게 하는 큰 쓰임이 더 좋고 더 훌륭해 보입니다.

그렇다고 국가나 민족, 혹은 애국이라는 대의명분만 내세우면 무조건 다 좋고 훌륭한 건 절대 아닙니다. 큰 쓰임에도 옳고 그름이 있어서, 옳으면 약이 되지만 옳지 않으면 독이 되기 때문입니다.

포로를 고문하는 데 가담한 죄로 구속된 유명한 의사가 있었습니다.

"당신은 뛰어난 의술을 지닌 훌륭한 의사입니다. 그런데 왜 그런 뛰어난 의술을 부상병의 고통을 치료하는 데 쓰지 않고, 포로를 고통스럽게 고문하는 데 썼습니까?"

검사의 질문에 의사가 이렇게 항변하더군요.

"포로한테서 중요한 정보를 빼내 조국을 전쟁에서 승리로 이끄는 게 더 훌륭한 애국 아닙니까. 도대체 뭐가 잘못이란 말입니까?"

옳지 않은 큰 쓰임이 얼마나 가공할 만큼 끔찍한 비극을 초래하는지, 극명하게 드러나는 대목입니다.

다산 정약용은 세상엔 옳고 그름과 이롭고 해로움에 관한 두 가지 기준이 있는데, 그중 이롭고도 옳은 것이 최고라고 했습니다. 이롭기만 하고 옳지 않거나, 옳지만 이롭지 않은 건 진정한 큰 쓰임이라 할 수 없습니다.

모두에게 이롭고 옳아야만 진정한 큰 쓰임이라 할 수 있습니다.

이롭고 옳은 큰 쓰임의 의미가 절실하게 다가오는 시대입니다.

나는 너에게 얼마나 소중하고 필요한가

사람은 어떤 것에도 구속받지 않는 완전한 자유를 꿈꾸면서도, 동시에 누군가 혹은 어떤 일이나 역할이 자신의 자유를 구속해주기를 바라는, 이율배반적인 존재인가 봅니다.

불가피하게 집이나 직장을 잠시 떠났다가 다시 돌아오는 경우가 있습니다.

그런데 내가 없는 동안 아무 일도 일어나지 않았다고 하면 다행이다 싶으면서도, 동시에 묘하게 가슴 한편에 서운한 느낌이 들 때가 있습니다. 평소에 내가 주위 사람들에게 아무것도 아닌 존재였구나 하는 생각에 자신이 한없이 왜소하고 초라해 보입니다. 내 일과 역할이 누구라도 대신할 수 있는 하잘

것없는 일이고 역할이었다는 생각에 소외감이 들고 울적해집니다. 일할 의욕마저 사라집니다.

반대로 내가 없어서 일이 잘 풀리지 못했고, 그래서 모두 내가 돌아오기만 학수고대했다는 말을 들으면 기분이 좋습니다. 내 일을 아무도 대신할 수가 없었다는 생각을 하면 내가 대단한 사람이라도 된 것처럼 우쭐해집니다. 책임감에 어깨도 무겁고 부담스럽기도 하련만, 오히려 그 무게가 싫지 않고 반가우니 참으로 신기한 일입니다.

연인이나 부부도 마찬가지입니다. 늘 옆에 있을 땐 있어도 그만 없어도 그만, 심드렁합니다. 하지만 잠시 떨어져보면 단박에 그 소중함이 절절히 다가옵니다.

과연 나는 가족이나 친구, 동료 들에게 얼마나 소중하고 필요한 사람일까요?

나와 너 사이를 그리움으로 채우며 살 수 있으면 좋겠습니다.

배고프면 밥 먹고
졸리면 잠잔다

어린 스님이 큰스님에게 물었습니다.

"어떻게 도를 닦아야 스님과 같이 깨달음의 높은 경지에 이를

수 있겠습니까?"

큰스님이 대답했습니다.

"도를 닦는 게 별건가? 그저 배고프면 밥 먹고 졸리면 잠자는

거지."

어린 스님은 고개를 갸웃했습니다.

"그거야 세상 사람들이 다 그렇게 하지 않습니까?"

그러자 큰스님이 껄껄 웃으며 말했습니다.

"세상 사람들이야 밥 먹으면서도 이 생각 저 생각에 잠기고,

잠잘 때도 오만 가지 매듭을 풀었다 지었다 하지. 그러나 나는 밥 먹을 때는 밥을 먹고, 잠잘 때는 그저 잘 뿐이네.”

오만 가지 잡념과 번뇌에 사로잡히지 말고, 지금 여기, 이 순간에 충실하라는 말이지요.

얼마나 쉬운 일입니까.

하지만 사람들은 어려운 질문에는 정답을 척척 맞히면서도 정작 쉬운 질문에는 종종 오답을 하곤 합니다.

그러고 보면 가장 쉬운 일이 가장 어려운 일인가 봅니다.

진정한
음악이란?

영화 〈세상의 모든 아침〉은 진정한 음악이란 무엇인가를 새삼 깨우쳐주는 영화입니다.

어느 날 한 소년이 음악가를 찾아와 제자로 받아달라고 애원합니다.

"왜 음악을 배우려고 하느냐?"

이유를 묻자 소년이 대답했습니다.

"우리 아버지는 구두장이입니다. 집에서 매일같이 아버지의 망치 소리를 듣는 것이 너무나도 괴롭습니다. 그 소리에서 벗어나고 싶습니다."

음악가는 소년을 제자로 받아들였습니다.

어느덧 소년은 재능을 키워 훌륭한 음악가로 성장합니다.

그런데 유명해질수록 제자는 스승이 원하는 진정한 음악의 길을 거부하고, 왕과 귀족을 위한 궁정 음악가가 되어 출세가도를 달리면서 부귀영화를 한 몸에 누리게 됩니다.

스승은 이런 제자에게 눈길 한번 주지 않습니다. 집에는 그림자도 얼씬 못하게 하고, 만나주지도 않으며, 아예 제자와 스승의 인연마저 끊어버립니다.

제자는 스승이 보고 싶고, 스승의 음악이 듣고 싶어, 몰래 스승의 집 마룻장 밑으로 기어들어가 스승의 음악을 듣기도 하고, 어느날은 몰래 스승의 뒤를 밟아 쫓아갑니다. 스승은 병들어 죽어가는 그의 친구 곁에서, 포도주 한 잔을 마시며 음악을 연주합니다.

어느덧 세월이 흘러 스승의 임종이 다가옵니다. 그 옛날 스승이 그의 친구를 위해 음악을 연주한 것처럼 제자는 몰래 숨어서 스승의 마지막 가는 길에 음악을 연주합니다.

불현듯 제자의 머리에 스승을 처음 만났던 날이 떠오릅니다.

그리고 스승이 자신을 제자로 받아들인 이유가 무엇인지를

새삼 깨닫습니다. 바로 구두장이 아버지의 망치 소리를 듣고

싶지 않다던 자신의 간청과 호소 때문이었다는 걸 기억해내

고 굵은 눈물을 흘립니다.

진정한 음악이란 신이나 왕, 귀족, 혹은 돈이나 명예를 위해

존재하는 것이 아니라, 삶에 지친 영혼, 길을 잃고 헤매는 영

혼을 위한 휴식이고 위로라는 것을 깨달은 것이지요.

오늘 지친 삶, 길 잃은 삶에 휴식이 되고 위로가 될 수 있는,

진정한 음악 한 곡이 듣고 싶습니다.

무용지용

담장은 게으른 사람이 잘 쌓는다고 합니다.

원래 담장이란 한 단 쌓고, 쉬었다가 또다시 한 단 올려 쌓아야지, 한꺼번에 빨리 쌓아 올렸다가는 곧장 무너지기 때문입니다. 그래서 담장 쌓을 때는 부지런한 사람보다는 게으른 사람이 제격이라고 합니다.

그러고 보면, 세상 일에는 다 임자가 있고, 쓸모없는 것처럼 보이는 것도 다 제 역할이 따로 있나 봅니다.

잘 알다시피 《장자壯子》에도 '무용지용無用之用'이란 말이 나옵니다.

옹이가 많고 울퉁불퉁 비틀어진 나무 한 그루가 있었습니다.

목수는 아무 쓸모가 없다며 그 나무를 거들떠보지도 않았습니다. 덕분에 아무도 그 나무를 베지 않았고, 나무는 목숨을 부지하여 아주 크고 무성하게 자랄 수 있었습니다.

결국 나중에 나무는 마을을 지키는 당산나무가 되고, 큰 그늘을 드리워 많은 이들이 쉬어가는 휴식처가 되고, 온갖 새와 짐승들의 보금자리가 되었습니다.

지금은 비록 무용지물처럼 보이는 것들도 언젠가는 세상에 큰 쓰임이 될 수 있을 거라고 믿습니다.

이명과 코골기

연암 박지원의 《공작관문고자서孔雀館文稿自序》에는 이명耳鳴 과 코골기에 대한 흥미 있고 의미심장한 비유가 등장합니다.

이명은 귀가 저 혼자 소리를 내는 증세를 말합니다. 그 소리 는 본인만이 들을 수 있고 남은 결코 들을 수가 없습니다. 따 라서 본인 혼자 안타까워 발을 동동 구를 뿐, 남들은 전혀 상 관도 않고 관심도 없습니다. 나를 알아주지 않는다고 남을 탓 하고 원망하거나, 내가 최고라고 우쭐대는 자아도취, 둘 다 이명증이라 할 수 있습니다.

반면에 코골기는 본인은 코를 골지만 정작 본인만 모르고 남 들은 다 아는 걸 말합니다. 옆 사람이 흔들어 깨워 시끄럽다고 타박을 하면 코를 곤 본인은 화를 불끈 내며 내가 언제 코를 골았냐고 항의합니다. 남의 적절한 지적에 되레 화를 내면서 자신의 잘못을 좀체 인정하려 들지 않는 건 분명 코골기 증세입니다.

"귀가 저 혼자 소리를 내는 건 병이 아니다. 그럼에도 그 소리를 알아주지 않는다고 성화이니 만약 그가 병이 아닌 어떤 걸 지니고 있다면 그 으스대는 양을 어찌 볼 것이며, 코골기 역시 병이 아닌데도 남이 안 것에 발끈하니 만약 그의 진짜 병통을 지적해준다면 그 성내는 꼴을 어찌 차마 볼 것이냐."

연암 선생은 이명증이나 코골기나 두 현상 모두 경계하라고 일깨웁니다.

모름지기 나를 알아주지 않는다고 걱정하지도 말고, 내가 최고라고 으스대지도 말 것이며, 오히려 내가 미처 깨닫지 못한 잘못을 남이 먼저 알아 일깨워주는 걸 고마워하라는 것이지요.

당신은 어느 쪽인가요? 이명증? 아님 코골이?

꿈과 희망

벽에 못을 치고 새해 새 달력을 걸어봅니다. 그리고 거기 새 꿈과 새 희망도 함께 걸어봅니다.

새해가 되면 누구나, 떠오르는 해를 바라보면서 희망을 꿈꿉니다.

성공, 부자 되기, 사랑, 화해와 용서, 건강과 장수…… 무엇이든 꿈을 꾼다는 것은 좋은 일입니다. 꼭 이루어져서가 아니라 꿈꾸는 자체가 아름답기 때문입니다.

꿈을 꾸는 표정도 천차만별입니다. 산과 바다에서는 환호성이 터지고, 새해 축제마당에서는 쌍쌍의 젊은이들이 어깨를 보듬고 사랑을 맹세하기도 합니다.

새해 첫날 아침, 철야 작업을 끝낸 노동자들은 기지개를 켜며 심호흡을 합니다.

연말연시에 자주 터지는 불의의 사고에 대비하여 밤샘 비상 근무를 하던 119대원들도 안도의 한숨을 쉽니다.

감옥 문을 나서는 사람들의 함박웃음에도 하나 가득 붉은 해가 솟아오릅니다.

혼자 꿈을 꾸면 망상에 불과하지만, 여럿이 함께 꿈을 꾸면 꿈도 현실이 된다고 했습니다.

모두가 함께 꿈꾸는 새해 첫날은 그래서 행복합니다.

매일매일이 새해 첫날만 같았으면 좋겠습니다.

《아라비안나이트》의 '쥬다르와 그 형들(606일 밤~624일 밤)'은 진정한 용기란 과연 무엇인지를 생각하게 해주는 이야기입니다.

용기를 시험받은 쥬다르는 일곱 관문을 통과하기 위해 도전을 시작합니다.

첫 번째 문이 열리고 무시무시한 칼을 든 사내가 튀어나왔습니다. 쥬다르가 칼 앞에 몸을 내밀자 사내는 연기처럼 사라져 버렸습니다.

두 번째는 창을 멘 사내, 세 번째는 거대한 활을 든 사내, 네 번째는 사자, 다섯 번째는 험악한 흑인 노예, 여섯 번째는 거대한 용 두 마리가 차례로 쥬다르를 공격했습니다. 쥬다르가 두려움 없이 제 몸을 내밀자, 그때마다 무기도 짐승도 연기 속으로 홀연히 사라져버렸습니다.

일곱 번째 문이 열리자 어머니가 등장했습니다. 쥬다르는 어머니에게 속옷까지 모두 벗고 알몸이 되라고 명령했습니다. 하지만 누구나 어머니 앞에선 나약해지듯 쥬다르 역시 울며 애걸하는 어머니를 보자 마음이 약해져 차마 속옷까지 벗기지 못하고 말았습니다.

결국 1차 도전은 실패로 끝나고 맙니다. 그리고 1년 뒤, 같은 날 같은 시에 쥬다르는 두 번째 시험에 도전합니다. 이번에도 일곱 번째 관문에서 어머니가 나와 울며 애걸복걸 매달리지만, 쥬다르는 눈썹 하나 까딱 않고 그대로 어머니를 내리칩니다. 그 순간 어머니는 연기처럼 사라집니다. 이렇게 쥬다르는 무사히 시험을 통과하여 보물찾기에 성공합니다.

허상과 환영은 두려움에서 나옵니다. 허상과 환영을 깨고 두려움에서 벗어나는 것이 곧 용기입니다. 이 용기를 통해서 진정한 보물을 얻을 수 있는 것입니다. 보물은 단지 재물만을 뜻하지 않습니다. 삶의 진실이나 깨달음 역시 보물이지요.

처음엔 왜 어머니가 허상이고 환영인지 이해하기 힘들었습니다. 그러다 우연히 심오한 불교철학과 지혜로운 이슬람 정신이 하나로 상통하는 놀랍고 신선한 발견을 하게 되었지요.

"부처를 만나면 부처를 죽이듯, 어머니를 만나면 어머니를 죽여라!"

어쩌면 어머니는 우리 마음속 깊은 곳에 자리한, 우리가 가장 두려워하는 존재인지도 모릅니다. 마지막에 어머니가 등장하는 건, 그만큼 어머니가 우리에게 가장 두려운 존재이기 때문이겠지요. 어머니까지도 과감히 떨쳐낼 때 진정한 용기를 얻는다는 깨달음이 바로 최고의 보물인지도 모르겠습니다.

새삼 이슬람의 지혜가 빛을 발합니다.

얼음밑으로 흐르는 물

한 소년이 꽁꽁 언 얼음장 밑을 유심히 들여다보며 물었습
니다.

"도대체 물고기들은 꽁꽁 얼어붙은 강물에서 어떻게 얼어 죽
지 않고 살아남을 수 있을까?"

하지만 어느 누구도 소년의 궁금증에 대해 대답해주지 않았
습니다.

소년은 답을 듣지 못한 채, 어느새 훌쩍 자라 어른이 되었습니다.

지금 생각건대

그때 누군가 나에게

얼음 밑으로 귀 기울이는 법을

이야기해주었더라면

나는 좀 더 일찍 세상에

눈을 떴을지 모릅니다

— 김소, 〈얼음 밑으로 흐르는 물〉

어른이 된 소년은 어린 소년에게 다가가, 얼음 구멍 속에 낚
싯줄을 드리우고 있는 강태공을 가리킵니다.

"저길 봐라. 얼음 밑으로 물이 흐르고 있지 않니?"

《호밀밭의 파수꾼》에서 주인공은 택시 운전사에게 묻습니다.

"꽁꽁 언 호수에서 물고기는 과연 살 수 있을까?"

"물고기는 얼음 속에서도 잘 살아요. 겨울 내내 같은 자리에
얼어붙은 듯이 가만히 있으면서 몸뚱이 자체로 영양분을 섭
취하죠. 얼음 속에 있는 해초나 오물로부터 말입니다. 항상

땀구멍을 열어놓는 습성이 있는데, 그게 바로 물고기들의 본능이죠. 당신이 물고기라면 어머니인 자연이 돌봐주지 않겠소? 그렇게 생각하지 않아요? 설마 겨울이 된다고 해서 물고기가 죄다 죽는다고 생각하는 건 아니겠지요?"

지금은 한겨울입니다. 세상이 온통 꽁꽁 얼어붙은 얼음으로 뒤덮여 있습니다.

하지만 그 얼음 밑으로 물도 흐르고 물고기도 죽지 않고 살아 움직인다는 걸 잊지는 않았겠지요?

사람은 누구나 미래를 알고 싶어 합니다. 항상 미래에 맞춰 삶을 살아가기 때문이지요. 또 일이 닥쳤을 때 무언가를 할 수 있고, 원치 않는 일이 일어나는 것을 막을 수도 있지 않겠습니까. 그렇게 해서 앞으로 일어날 일에 대비할 수 있으니까요.

파울로 코엘료의 《연금술사》에 등장하는 낙타몰이꾼은 늙은 점쟁이를 찾아가 미래를 점쳐달라고 청합니다. 하지만 늙은 점쟁이는 점을 봐주지 않습니다.

"만일 점괘가 좋게 나오면 아주 즐겁고 놀라운 일이 되겠지만 좋지 않은 괘가 나온다면 그 일이 일어나기 전부터 그걸로 고통받을 거 아닌가?"

사실 점쟁이라 할지라도 미래에 대해서만은 읽을 수가 없습니다. 다만 미래를 추측할 수 있을 뿐입니다.

"미래는 신께 속한 것이네. 미래를 드러내는 일은 특별한 사정이 있을 때 오직 신만이 할 수 있는 거야."

점쟁이가 미래를 짐작할 수 있는 건, 현재의 표지들 덕분입니다. 비밀은 바로 현재에 있는 것이죠. 현재에 주의를 기울이면 현재를 더욱 나아지게 할 수 있고, 현재가 좋아지면 그 다음에 다가오는 날들도 마찬가지로 좋아지는 것입니다. 그러니 미래는 잊는 게 좋습니다. 과거는 지나간 현재이고, 미래는 다가올 현재라는 말이지요.

"하루하루의 순간 속에 영겁의 세월이 깃들어 있다네. 그러니, 하루하루의 현재를 잘 살면 미래 역시 좋아질 것이네."

숨은 사랑

입춘이 지나면 봄물이 오른다는 우수雨水입니다.

지난해 겨울, 마당 가장자리로 옮겨 심은 산수유나무가 내내

마음에 걸립니다.

한겨울 추위에 옮겨 심은 것도 걱정이고, 제법 큰 나무라서

뿌리를 제대로 내릴지도 걱정입니다.

과연 산수유나무가 이 모질고 혹독한 겨울을 견뎌낼 수 있을

까요?

새 땅에 뿌리를 내리고 노릇노릇 봄 망울을 터뜨려줄까요?

무엇보다 내가 이렇게 애면글면 저를 기다리고 있다는 걸 알

아나 줄까요?

오래전에 읽은 시집 한 권을 다시 뽑아들었습니다. 책갈피가
꽂힌 페이지에 〈숨은 사랑〉이란 시가 숨어 있네요.

사무친 마음의 잔가지를 쳐내고 쳐내고,
마지막 남은 한 가지를 굵은 삼베 올로 칭칭 엮어 보냅니다
풀어서 당신의 나무에 접붙여주십시오
먼 훗날에 조용히 뜰에 나가보겠습니다
덧나지 않은 푸른 잎사귀 하나 나부낀다면
당신의 사랑이라고 생각하겠습니다

— 박해석, 〈숨은 사랑〉

겸손

"무릇 자기를 높이는 자는 낮아지고 자기를 낮추는 자는 높아 지리라······."

원래 '겸손'은 자기를 낮추고 남을 높인다는 뜻이죠. 그런데 실제로 이 단어는 낮출 것이 있는 높은 지위의 사람이나 많이 가진 강자에게나 해당되는 단어 같습니다. 약자나 없는 사람은 자신을 낮추려야 낮출 것이 없기 때문에 겸손하고 싶어도 겸손할 수가 없거든요. 그래서 약자나 없는 사람이 강자나 많이 가진 사람 앞에서 자기를 낮추는 것은 '겸손'이라고 하지 않습니다. 결국 '겸손'이란 누구에게나 해당하는 단어가 아니죠.

로마의 하드리아누스는 황제의 자리에 오르기까지 죽을 뻔한 위기의 순간들을 숱하게 넘겼습니다. 그리고 마침내 황제의 자리에 오르자 이렇게 말했습니다.

"이제야 나는 겸손의 미덕을 발휘할 수 있게 되었다."

겸손의 미덕을 발휘하는 것도, 특별히 선택된 자들에게만 부여된 아주 소중한 기회일지도 모릅니다.

언제 어떻게 높은 권좌에서 쫓겨 내려올지, 언제 어떻게 움켜쥔 재산이 손가락 사이로 모래알처럼 다 빠져나갈지 모를 일이니까요.

그런데 우리의 지도자나 지도층은 지위가 높을수록, 권력이 막강할수록, 가진 게 많을수록, 겸손은커녕 더욱 더 오만불손하기 짝이 없습니다.

겸손의 미덕을 발휘할 수 있는 기회도 시간도 그리 많지 않다는 충고를 꼭 들려주고 싶습니다.

3월은 새 학기가 시작되는 달입니다. 초등학교·중고등학교 합하면 학교 다닌 햇수만 총 12년입니다. 그중 해마다 3월이 가장 힘들었습니다. 제일 외롭고 무서웠습니다. 학교 가기가 죽기보다 싫었습니다.

헤어짐에 익숙하지 않은 사람들이 있습니다. 정든 사람, 편안한 공간, 익숙한 시간을 쉽게 잊거나 떠날 수 없는 사람들이 있지요. 이런 사람들에게 3월은 새로움에 대한 설렘보다는 지난날에 대한 그리움이 더 짙은 달입니다.

새 학기가 되면 온통 새것들로 눈이 부십니다. 새 교과서, 새 공책, 새 책걸상, 새 교실. 모든 게 새것입니다. 친구도, 선생님도 모두 처음 보는 새 얼굴들입니다.

그런데 이렇게 반짝이는 새것들에 대한 호기심으로 한껏 들떠 있어야 할 3월이 왠지 어둡고 무겁고 우울합니다.

아직 지난 학기와 작별하지 못했기 때문입니다. 정든 친구와 선생님과 교실을 마음속으로 떠나보내지 못했기 때문이지요. 교실 한구석에 혼자 웅크리고 앉아 있으면 혼자라는 외로움이 뼛속까지 사무칩니다. 낯선 친구들과 낯선 공간과 낯선 시간 속에 나 혼자 버려진 것 같아 두렵습니다. 추워서가 아닙니다. 외롭고 무서워서 혼자 오들오들 떨었습니다.

새 친구에게 다가가려 하면 옛 친구의 얼굴이 먼저 떠올라 발길을 가로막습니다. 새 선생님을 좋아하고 싶지만 옛 선생님의 얼굴이 먼저 떠올라 슬그머니 뒷걸음칩니다. 그럴수록 새 친구와 새 선생님을 외면하고 멀리하게 됩니다.

썰렁한 새 교실보다 옛 교실이 더 편안하게 느껴져, 방과 후면 옛날 교실로 찾아가 내 책상에 한참 앉아 있곤 했습니다.

옛날로 돌아가 위로받고 싶었습니다.

3월은 날씨까지 변덕을 부립니다. 하루는 눈 내리고 하루는 바람 불고 하루는 덥습니다. 감기 기운이 떠나지 않아 머리는 늘 띵하고 묵직합니다. 몸은 오슬오슬하고 마음은 우울합니다.

새 친구 새 선생님은 아직 오지 않았고, 옛 친구 옛 선생님은 이미 떠났기 때문입니다.

졸업한 뒤, 선생님이 되어 학교로 다시 돌아왔습니다. 그러나 10년 교사생활에서도 여전히 3월은 춥고 두려웠습니다.

정든 아이들과 교실과 헤어지는 일은 나이가 들어서도 여전히 힘들었습니다. 새로운 아이들을 만나 새 이름을 외우며 새롭게 사랑하는 일이 힘들었습니다. 정들었던 옛 아이들의 이름이 새 아이들의 이름 밑으로 지워지는 것이 마음 아팠습니다. 그래서 해마다 3월이면 사직서 봉투를 가방에 넣고 다녔습니다.

새 아이들은 아직 오지 않았고 옛 아이들은 이미 떠났기 때문입니다.

3월이 되면 몸보다 가슴이 먼저 봄을 느낍니다. 한기가 든 것처럼 외로움과 두려움이 살 속까지 파고듭니다.

봄이 오는 게 두렵습니다.

봄을 맞을 준비가 덜 된 탓인지도 모릅니다.

봄은 아직 오지 않았고 겨울은 이미 떠났기 때문입니다.

이슬람 세계에서 나스레딘의 이름을 모르는 사람은 없습니다. 이라크 쿠파에서 살았다고도 하고, 터키에서 일생을 살았다고도 하며, 알제리에 묻혀 있다고도 합니다.

나스레딘은 현자이기도 하고, 바보 멍청이기도 하며, 때론 미치광이라 불리기도 합니다.

나스레딘에게는 열세 살 난 아들이 있었는데, 외모에 대한 콤플렉스가 아주 심해서 늘 자신이 못생겼다는 생각에 사로잡혀 있었습니다. 아들은 사람들이 자기를 비웃는다고 생각하고는 집 밖으로 나가려고 하지 않았습니다.

아버지는 아들에게 사람들은 늘 남을 험담하기 좋아하기 때

문에 사람들 말에 귀를 기울일 필요가 없다고 누누이 말했지
만 아들은 도무지 들으려 하지 않았습니다.

어느 날 나스레딘은 아들에게 말했습니다.

"내일 나와 함께 시장에 가자꾸나."

그리고 다음날 아침 일찍 부자는 길을 나섰습니다.

나스레딘은 당나귀를 탔고, 아들은 그 옆에서 걸었습니다. 시
장 입구에서 잡담을 나누던 사람들은 두 부자를 보자마자 험
담을 늘어놓기 시작했습니다.

"저기 저 부자를 좀 봐. 동정심이라곤 털끝만큼도 없군. 애비
는 당나귀 등에 편히 앉아 가면서 어린 아들은 걷게 하다니!
자기는 이미 인생을 누릴 만큼 누렸으니, 이젠 불쌍한 아들에
게 자리를 양보해야 하는 거 아냐?"

나스레딘은 아들에게 말했습니다.

"잘 들었지? 내일도 나와 함께 시장에 오자꾸나."

둘째 날, 나스레딘과 아들은 전날과는 반대로 했습니다. 아들

이 당나귀를 탔고 나스레딘이 그 옆에서 걸었습니다. 이번에도 시장에 모여 잡담을 나누던 사람들이 부자를 보더니 수군거렸습니다.

"저 녀석 좀 보게. 버릇도 없고 예의도 없군. 어린놈이 당나귀 등에 유유히 앉아 불쌍한 노인네를 걷게 하다니!"

나스레딘이 아들에게 말했다.

"잘 들었지? 내일도 나와 함께 시장에 오자꾸나."

셋째 날, 나스레딘 부자는 당나귀를 끌며 걸어서 집을 나섰습니다. 그러자 사람들이 외쳤습니다.

"저런 멍청한 사람들을 봤나! 멀쩡한 당나귀가 있는데도 타지 않고 걸어가다니. 당나귀는 사람 타라고 있다는 것도 모르나 봐."

"잘 들었지? 내일도 나와 함께 시장에 오자꾸나."

넷째 날, 나스레딘 부자가 둘 다 당나귀 등에 걸터앉은 걸 본 사람들은 일제히 야유를 보냈습니다.

"세상에, 저 사람들 좀 봐! 저 가엾은 짐승이 불쌍하지도 않나!"

"잘 들었지? 내일도 나와 함께 시장에 오자꾸나."

다섯째 날 나스레딘 부자는 당나귀를 어깨에 짊어지고 시장에 도착했습니다. 사람들은 배를 잡고 웃음을 터뜨렸습니다.

"저 미치광이들 좀 봐. 정신병원으로 보내야 하는 거 아냐? 당나귀를 타지 않고 짊어지고 가다니!"

나스레딘은 정색을 하며 아들에게 말했습니다.

"잘 들었지? 네가 무슨 일을 하든, 사람들은 항상 트집을 잡고 험담을 할 거다. 그러니 사람들 말에 귀를 기울여서는 안 돼. 알았지?"

어느 날 한 소경이 문득 눈을 뜨게 되었습니다.

그런데 집으로 돌아가려는데 어디로 어떻게 가야 할지 알 수

가 없었습니다.

눈이 보이지 않을 때는 몸 전체의 감각을 동원해서 길을 찾았

는데, 이제 눈에 들어오는 온갖 사물의 현란함에 사로잡히자

길을 잃고 헤매게 된 것입니다.

소경은 그만 땅바닥에 주저앉아 엉엉 울었습니다.

그때 누군가 다가왔습니다.

"도로 눈을 감고 가시오."

그의 말대로 소경은 눈을 다시 감았습니다. 그러자 집으로 돌

아갈 수 있었습니다.

환갑이 지난 소경 부부가 망막을 기증받아 개안수술에 성공한 기적 같은 일이 일어났습니다. 세상을 볼 수 있게 된 부부는 너무나 기쁜 나머지, 매일같이 여기저기 구경 다니느라 정신없이 세월을 보냈습니다.

1년이 지나자 부부의 외출이 뜸해지기 시작했습니다.

어느 날 먼 곳으로 시집간 딸이 오랜만에 친정을 찾아왔습니다.

그런데 이상한 일이었습니다. 부모님이 옛날처럼 눈을 감고 집 안을 돌아다니는 것이 아닙니까. 딸이 놀라 묻자 어머니가 말했습니다.

"이게 더 편해. 집안 구석구석 어디에 뭐가 있는지 안 봐도 훤하거든. 외려 눈을 뜨니까 보지 않아도 될 것까지 다 봐야 해서 집중이 안 돼. 어지럽고 성가시기만 해."

아버지가 덧붙였습니다.

"우리가 눈 뜬 지는 고작 1년밖에 안 된다. 암흑 속에서 살아온 수십 년과 비교하면 1년은 아무것도 아니지. 수십 년 동안 우린 세상을 눈이 아닌 마음으로 바라보면서 살아왔다. 눈을 뜨자 이젠 마음이 아닌 눈으로만 세상을 보게 되었다. 그런데 마음으로 본 세상과 직접 눈으로 본 세상이 같았을 땐 다행히 아무 문제가 없었는데, 실제로는 그 둘이 다를 때가 너무 많더구나. 너무 혼란스럽고 힘들었다. 나중엔 참을 수 없을 만큼 고통스러웠다. 어느 날 네 어머니가 울면서 그러더구나. 우리가 앞으로 살면 얼마나 더 살겠냐고, 수십 년 동안 마음으로 본 세상 모습 그대로 간직하며 살고 싶다고. 그래서 반은 눈을 뜨고 반은 옛날처럼 눈을 감고 못 본 척하면서 살기로 했단다. 우습지?"

눈으로 보는 세상이 전부가 아니지요. 눈이 아닌 마음으로 보는 세상도 있습니다.

몸이 길을 내면 그 다음에 마음이 그 길을 따라가겠지요.

말라버린
소젖

옛날옛날 한 옛날에 소를 기르는 사나이가 살았습니다.

어느 날 그는 손님을 청해 소의 젖을 짜 정성껏 대접하면서

생각했습니다.

'내가 날마다 미리 젖을 짜두면 소젖은 점점 많아져 둘 곳이

없어질 것이다. 또 맛도 변해서 못 먹게 될 것이다. 그보다는

소젖을 소 뱃속에 그대로 모아두었다가 필요한 때 한꺼번에

짜는 게 낫겠다.'

그는 어미 소의 뱃속에 젖을 많이 모아두려는 생각에 사로잡

힌 나머지, 송아지가 어미 소의 젖을 먹지 못하도록 송아지와

암소를 멀찌감치 떼어놓았습니다.

한 달이 지난 뒤 그는 손님을 초대하여 잔치를 크게 베풀었습니다. 그리고 손님들 앞에 소를 끌고 나와 젖을 짜려고 했습니다.

그런데 이게 어찌된 일입니까. 소의 젖이 다 말라버려 한 방울도 나오지 않았습니다.

손님들은 성을 내면서 그의 어리석음을 비웃었습니다.

소의 젖은 생기는 대로 짜야만 합니다. 짜면 짤수록 젖이 더 많이 나옵니다. 반면에 안 짜면 그대로 말라버리고 마는 것이지요. 사나이는 젖을 짜지 않으면 젖이 말라버리는 줄도 모르고, 오직 많이 모아두려는 욕심에만 사로잡혀 일을 그르치고만 것입니다.

흔히 사람들은 먼 훗날 돈을 엄청 많이 벌면, 그때 가서 남을 크게 도와주겠다고 말합니다.

하지만 원하는 목표 액수만큼 돈을 다 모으기도 전에 갑자기 사고가 날 수가 있습니다.

수재를 당하거나 화재가 나거나 도적을 맞거나 병이 나거나 교통사고가 나거나 해서 목숨을 잃을 수도 있습니다. 아니면 돈을 모으는 동안에 욕심이 커져서 나중엔 도와주고 싶은 마음이 사라질지도 모릅니다.

남을 도우려면 그때그때 적절한 시기에, 도움을 간절히 필요로 할 때 도와야 합니다.

'나중에'라는 말처럼 믿지 못할 말은 없습니다.

지금 당장, 여기, 필요한 사람에게, 필요할 때, 필요한 도움을 주는 것, 이것이 진정한 사랑입니다.

딸기에게

미안해

흑산도 어부들은 고기 잡으러 나갔다가 짙은 안개를 만나도
걱정이 없습니다. 천하태평입니다. 섬에서 얼마나 멀리 떨어
졌는지, 방향이 어딘지 전혀 개의치 않습니다.

그저 짙은 안개 속에서 열심히 그물을 놓고 다시 그물을 당길
뿐입니다.

그리고 배가 제법 무거워지면 그제야 "만선이다. 이제 집에
가자"고 합니다.

사방은 온통 허연 안개로 뒤덮여 한 치 앞도 보이지가 않습니
다. 오도 가도 못 하고 꼼짝없이 안개에 갇힐 판입니다.

그래도 어부들은 놀라기는커녕 아무렇지도 않게 "안개가 심

하군" 한마디 던지곤, 그때부터 코를 벌름거리며 냄새를 맡습
니다.

흑산도를 뒤덮고 있는 풍란의 향기를 찾는 것입니다.

안개가 낀 날이면 풍란의 향기는 안개와 바다 사이의 좁은 틈
을 타고 섬 주변으로 퍼져나갑니다.

흑산도 어부들에게 풍란의 향기는 단지 꽃향기가 아닙니다.
삶의 향기인 것입니다.

길을 잃고 헤맬 때나 잘못된 길로 가고 있을 때 바른 길을 안
내해주는 삶의 향기가 있으면 얼마나 좋을까요?

오늘 새삼 풍란의 향기가 그립습니다.

쥐라기의 전설, 은행나무

세계적으로 경쟁력 있는 우리 식물은 단연 인삼과 은행나무
입니다.

그중에서도 은행나무는 지구상의 모든 나무 가운데 가장 오
랜 역사를 지닌 신비스런 나무입니다. 고생대부터 시작해 중
생대 쥐라기에서 가장 번성했다고 하니 '살아 있는 화석'이나
마찬가지입니다. 신생대 3기 빙하기가 덮칠 때 지구상 대부
분의 식물들은 사라졌지만, 비교적 따뜻했던 동북아 지역만
은 화를 비켜나서 살아남을 수 있었답니다. 중국 이외에는 야
생 상태의 은행나무 화석이 발견되지 않았다니, 우리나라도
원산지인 중국에서 아주 오랜 옛날에 전해진 것 같습니다.

공자는 항상 은행나무 밑에서 제자를 가르쳤답니다. 그래서 인지 몰라도 사당이나 서원, 문묘나 향교에 가면 아름드리 은 행나무를 많이 볼 수 있습니다.

그런가 하면 은행나무는 신통하고 영험한 나무라 하여 신목神 木으로 불리기도 했습니다. 이런 연유로 악정을 베푸는 관원 을 응징하려는 뜻에서 관가의 뜰에 은행나무를 많이 심었다 고 합니다.

그 결과 현재 천연기념물로 지정·보호되고 있는 나무 129그 루 중에서 은행나무가 19그루나 되고, 노거수로 지정·보호 되고 있는 은행나무만도 800여 그루에 달한다고 합니다.

은행나무는 뿌리, 줄기, 잎, 열매, 어느 하나 버릴 게 없는 나 무입니다. 약재나 목재로 두루 쓰일 뿐 아니라, 공해에도 강 해 가로수로 많이 심고 있습니다. 일찍이 서산대사는 "은행나 무로 인해 세계가 우리를 넘보지 못하리라"는 말을 남겼다는 데, 요즘 우리 은행잎의 약효가 다른 나라보다 10~20배 높다고 알려져 많은 외화를 벌어들인다니, 역시 대사의 선견지명은 탁월합니다.

가로수로는 주로 수나무를 심는데, 그 이유는 암나무에 달린 은행 열매의 살굿빛 겉껍질에서 고약한 냄새가 풍기기 때문입니다. 우리가 먹는 은행 알은 그 고약한 냄새가 나는 살굿빛 겉껍질을 벗기고 다시 그 안의 하얀 속껍질을 벗겨낸 뒤에야 얻을 수 있습니다. 그만큼 은행 알은 사람 손을 많이 거쳐야 하는 귀한 열매입니다.

두 팔 벌려 아름드리 은행나무를 가슴 한가득 껴안아봅니다. 그리고 까마득히 높이 솟은 나무 위를 올려다봅니다. 작은 바람 한 줄기에도 잎들은 온몸을 자지러지듯 떨며 흔듭니다. 서로의 몸을 비비며 끊임없이 뭔가 속삭입니다.

가만히 귀를 기울이면 쥐라기의 전설이 들려오는 듯합니다.

자연은
위대한 스승

어느 날 마당에 앉아 물끄러미 허공을 바라보고 있었습니다.

그때 아주 큼직한 거미 한 마리가 전깃줄과 빨랫줄 사이의 넓

은 공간에다가 지어놓은 거대한 거미집이 눈에 띄었습니다.

비 온 뒤라서 거미줄은 온통 영롱한 구슬처럼 반짝반짝 빛났

습니다. 그 솜씨가 어찌나 정교하고 미려한지, 그 신비로움에

감탄하여 한참이나 넋을 잃을 정도였습니다.

그런데 자세히 들여다보니 잠자리 한 마리가 거미줄 가장자

리에 걸려 안간힘을 쓰는 모습이 눈에 띄었습니다. 벗어나려

고 몸부림을 칠수록 거미줄은 더욱 더 잠자리의 가느다란 몸

뚱이를 사정없이 죄어왔습니다. 조금 전까지 신비로움과 아

름다움의 대상이었던 거미집이 갑자기 소름이 오싹 돋는 죽음의 덫으로 변했습니다.

거미줄로 다가가 조심조심 잠자리의 몸을 휘감은 거미줄을 떼어보았습니다. 그러나 어찌나 가늘고 신축성이 뛰어난지 거미줄을 떼어내기가 여간 힘든 게 아니었습니다. 더욱이 잠자리 날개는 너무 얇고 미세해서 숨을 죽이며 조심조심 했는데도 그만 한쪽 날개가 너덜너덜 찢어지고 말았습니다. 가까스로 거미줄을 다 벗겨냈지만 잠자리는 날 수가 없었습니다. 손바닥 위에 올려놓고 몇 번이나 날려보았으나 잠자리는 그때마다 곤두박질치듯 바닥으로 떨어지고 말았습니다. 그 뒤 몇 번 더 퍼덕였지만 끝내는 더 이상 움직이지 않았습니다.

결국 거미는 거미대로 먹이를 잃고, 잠자리는 잠자리대로 죽고 만 것입니다. 도와준다고 나선 것이 결과적으로는 둘 다 망치고 만 것입니다.

이런 게 값싼 동정심이란 거구나.

신이라도 되는 것처럼, 돌고 도는 이 자연의 순환, 이 위대한 자연의 섭리를 거스르다니, 바꿔보겠다고 끼어들다니.

이런 무지몽매가 없었습니다. 후회막심이었습니다.

그때였습니다. 어디서 냄새를 맡았는지 귀신같이 알고 개미들이 죽은 잠자리 시체를 향해 떼를 지어 새까맣게 몰려오기 시작했습니다.

바로 저거야!

자연의 가르침에 저절로 머리가 숙었습니다.

자연은 정말 위대한 스승입니다.

요즘 숯이 대인기입니다. 섬유에도, 건축자재나 도배지에도 숯이 들어간다고 합니다. 습기를 제거하기 위해 집 안 곳곳에 장식물처럼 놓아두기도 합니다. 안 들어가는 데가 없고 안 쓰이는 데가 없을 정도로 우리 생활 깊숙이 들어와 있습니다.

옛날에는 아기가 태어난 집 대문에 새끼로 친 금줄을 달고 거기에 나쁜 것을 멀리하고 깨끗이 소독한다는 의미에서 숯덩이를 꽂아두기도 했습니다. 간장독 안에도 숯덩이를 띄우고, 소나 돼지에게 숯가루를 먹여 잔병을 치료하는 데도 활용하였으며, 훌륭한 농약과 거름으로도 숯을 사용했습니다.

원래 숯은 다공질多孔質로 이루어져 있습니다. 이 미세한 구멍들은 액체 상태의 물질로 채우려는 화학적 특성이 있어 강한 흡착력을 지닌다고 합니다. 때문에 인체에 해로운 박테리아, 독소, 바이러스 등을 선별하여 빨아들이는 역할을 합니다. 따라서 냄새나 독소를 제거하는 탈취제이자 해독제로서, 숯은 예부터 없어서는 안 될 중요한 보물로 인식되었습니다. 그런데 요즘 세상 돌아가는 걸 보면 이 숯이 보물보다 더 귀하게 다가옵니다.

재벌의 비자금과 탈세, 정치권의 부정부패는 어제오늘 얘기가 아닌 공공연한 비밀입니다. 그럼에도 어떤 정부나 검찰, 사법부도 이를 제대로 파헤치거나 벌을 내린 적이 없었습니다. 이들의 부정부패가 너무 오랫동안 썩고 썩어서 악취가 코를 찌를 만큼 진동을 합니다. 그 치명적 독성에 온 국민이 마비를 일으킬지도 모르겠습니다.

이런 지독한 악취와 치명적 독성을 제거하려면 엄청나게 거대한 숯덩이가 필요할 것 같습니다.

어쩌면 이런 거대한 숯덩이를 만들기 위해서는, 우리 모두를

태워야 할지도 모르겠습니다.

도토리와
잣

불타는 지리산에 올랐다가 하산 길에 도토리묵 한 접시로 시장기를 때웠습니다.

도토리묵 하면 알아주는 이름난 밥집답게, 한쪽 구석에는 할머니가 직접 산에서 해왔다는 도토리 한 자루가 놓여 있었습니다. 할머니는 한번 산에 올랐다 하면 남보다 더 빨리 더 많이 도토리를 해올 수 있다며, 자신만의 비법을 자랑했습니다.

"난 다람쥐 굴이 어딨는지 귀신같이 찾아내거든."

그 말을 듣는 순간, 텅 빈 굴 앞에서 망연자실해 있을 다람쥐의 모습이 떠올랐습니다.

굴 안에 가득 찼던 도토리가 감쪽같이 사라진 걸 보고 다람쥐는 얼마나 놀랐을까요? 얼마나 절망했을까요? 앞으로 닥칠 춥고 긴 겨울 동안 배고픔에 시달릴 다람쥐 생각을 하니 짠하고 애잔했습니다.

그 다람쥐 모습이 며칠 전에 우연히 산에서 만난 한 청설모의 모습과 겹쳐졌습니다.

그 산에는 귀한 잣나무 몇 그루가 자라고 있었습니다. 청설모 한 마리가 자기 몸보다 더 큰 잣송이를 들고 낑낑대면서 어디론가 힘겹게 가고 있었습니다. 이걸 본 동네 아이들이 장대를 휘두르면서 일제히 고함을 질렀습니다. 청설모는 깜짝 놀라 허둥지둥 줄행랑을 쳤고, 그 바람에 아깝게도 잣송이를 떨어뜨리고 말았습니다.

그런데 이상한 일입니다. 청설모는 도망치다 말고 뒤돌아서 나지막한 나뭇가지에 멈춰 섰습니다.

아이들은 잣송이를 땅에 몇 번이나 내리쳤습니다. 그때마다 켜켜로 빼곡히 들어찼던 잣알들이 땅바닥에 떨어져 흩어졌고, 아이들은 환호성을 지르며 잣알을 주머니에 챙겨 넣기 바빴습니다.

나뭇가지 위에서 이 장면을 내려다보던 청설모가 갑자기 두 손으로 가슴을 치면서 제자리에서 팔짝팔짝 뛰었습니다. 안절부절 어쩔 줄 몰라 하는 품이 꼭 아까워서 미치겠다는 표정 같았습니다. 그 감정 표현이 어찌나 생생한지 사람으로 착각할 정도였습니다.

그런데 다람쥐나 청설모는 자신이 감추거나 묻어둔 도토리의 95퍼센트를 기억하지 못한답니다. 덕분에 감춰둔 도토리에서 자연스럽게 싹도 나고 또 다른 동물들이 이게 웬 떡이냐며 먹기도 하고 그런답니다.

그러고 보면 사람만큼 탐욕스런 동물도 없는 것 같습니다.

그나저나 사람이나 짐승이나 다 함께 사이좋게 나누어 먹고 남을 만큼, 도토리나무도 잣나무도 넉넉히 심어야겠습니다.

나비가 고치를 뚫고 나오는 과정을 자세히 관찰하던 한 과학

자가 있었습니다. 그는 나비가 작은 구멍을 비집고 힘겹게 나

오려 애쓰는 것이 답답하고 안쓰러워 손수 구멍을 살짝 더 크

게 뚫어주었습니다. 덕분에 나비는 쉽게 고치를 뚫고 나왔습

니다.

그런데 어찌된 일인지 나비는 곧장 허공으로 날아오르지 못

하고 몇 번 푸드득거리다가 그만 죽고 말았습니다.

과학자는 나비가 죽은 이유를 알아보기 위해 이리저리 연구

하다가 마침내 그 원인을 밝혀냈습니다.

나비는 고치 속에서 구멍을 비집고 나오는 동안, 온 힘을 다

해 몸의 모든 영양분을 어깨로 보냅니다. 그러면 영양분은 어깨를 거쳐 날개 끝까지 고루고루 퍼지게 되고, 그 영양분의 힘으로 나비는 구멍을 나오자마자 힘껏 날개를 펴서 날 수 있는 것입니다.

그런데 과학자가 구멍을 크게 뚫어놓는 바람에 나비는 쉽게 고치에서 나올 수는 있었지만, 어깨와 날개에 골고루 영양분을 받지 못한 결과 힘이 없어 힘껏 날개를 펴서 날아오를 수 없었던 것입니다.

선의로 하는 도움은 뭐든 다 좋은 거라고 생각했는데 그게 아닌가 봅니다. 섣부른 도움이 외려 자연의 생명까지 앗아가는 걸 보면, 자연은 인간의 손길이 닿을수록 더 나빠지는 것 같습니다. '자연'의 사전적 의미 또한 '저 스스로 그러하게'인 걸 보면, 자연이 저 스스로 알아서 살아가게 놔두는 것이 가장 좋은 자연보호가 아닐까요?

실험용 쥐

남미 우림 지역에는 '데사나'라는 부족이 삽니다. 이들은 세상의 모든 피조물 사이에 흐르는 에너지의 양은 고정되어 있다고 믿고 있습니다. 그리하여 모든 생명은 죽음을 낳고, 모든 죽음은 생명을 가져온다는 식으로 세상의 에너지는 동일하게 유지된다고 믿는 겁니다.

따라서 식량을 얻기 위해서 어쩔 수 없이 동물을 사냥하게 될 경우, 자신이 죽이는 동물이 영혼의 우물에 구멍을 남기면, 데사나 부족 사냥꾼이 죽어서 그 죽은 사냥꾼의 영혼이 그 구멍을 메운다고 믿는답니다. 세상을 떠난다는 것이 빈 영혼의 자리를 채우는 것이라고 생각하는 것이지요.

만약에 죽는 사람이 없으면 새나 물고기들도 태어날 수 없으므로, 그들은 사람이 죽는 것에 대해서도 크게 슬퍼하지 않는답니다.

말하자면 데사나 부족은 사람이나 동물이나 공평하게 영혼을 가진 생명체라고 믿는 것이지요.

반면에 현대인들은 동물을 사람과 똑같은 영혼을 가진 생명체로 믿지 않습니다. 동물은 인간을 위해 존재한다고 믿습니다.

그래서 단지 식량을 얻기 위해서만이 아니라 재미와 쾌락 때문에 동물을 죽이기도 합니다.

이뿐이 아닙니다. 각종 실험을 위해 동물을 희생시키는 경우도 많습니다.

실험용 동물 중 가장 으뜸은 쥐입니다. 쥐는 어둠 속 불결한 환경에 살면서 인간에게 병을 옮기는 부정적인 동물로 알려져 있습니다. 하지만 이 쥐가 인간을 위해 얼마나 큰 희생을 치르는지를 아는 이는 드뭅니다.

한 해 동안 인간을 위한 실험에 사용하는 동물만 1천만 마리가 넘는데 그중 80퍼센트가 쥐라고 하니, 매년 '실험쥐' 800만 마리가 희생되는 셈입니다.

우리나라에서도 2008년 1월 '동물보호법개정안'이 시행되었습니다. 이 개정안에는 '3R'이라는 동물실험 기본 규칙이 포함되어 있습니다.

첫째는 가능하면 생물을 대상으로 하지 않고 세포 실험 등으로 대체할 것Replacement, 둘째는 실험동물의 수와 고통을 최대한 줄일 것Reduction, 셋째는 불필요한 실험이 시행되지 않도록 개선할 것Refinement 등이 '3R' 원칙입니다.

만약에 현대인들이 데사나 부족처럼 사람과 동물을 공평하게 영혼을 가진 생명체로 믿는다면 아마도 동물 학대나 자연 파괴는 일어나지 않을 겁니다.

그러고 보면 자연과 동물에 관한 한 데사나 부족이 현대인보다 일층 더 진보적이란 느낌이 듭니다만.

야생의 펠리컨

관광객이 많이 찾는 어느 바닷가 해변에 펠리컨 수백 마리가 무리지어 살고 있었습니다. 이 새들은 관광객들이 던져주는 갖가지 먹이만을 먹으며 편안하게 살아갔죠.

그런데 너무 많은 먹이 때문에 바닷물이 오염된다는 사실이 알려지게 되었습니다.

어느 날, 시 당국은 바닷물의 오염을 막기 위해 펠리컨에게 먹이를 주지 말라는 법을 만들어 발표했습니다.

그러자 날마다 던져주는 먹이만을 먹으며 편안하게 살아가던 새들은 점차 굶주림으로 쓰러지기 시작했습니다.

이럴 수도 저럴 수도 없어 골머리를 앓던 시 당국은 논의 끝에 한 가지 방안을 생각해냈습니다.

야생에서 자란 펠리컨들을 잡아서 길들여진 펠리컨 무리들 속에 섞어놓자는 안이었죠.

야생 펠리컨들이 늘 하던 습성대로 스스로 먹이를 잡아먹기 시작하자, 그동안 던져주는 먹이만을 받아먹던 펠리컨들도 야생 펠리컨들이 하는 행동을 그대로 따라하며 스스로 물고기를 잡아먹기 시작했습니다.

사람도 마찬가지입니다. 길들여진다는 건 두려운 일입니다. 겉보기에 현대인들은 편리한 과학 문명을 누리며 풍족하게 살고 있는 듯 보입니다. 하지만 그 속을 들여다보면 피라미드 같은 먹이사슬에 길들여져 한쪽으로는 먹이사슬에서 벗어나려, 또 다른 한쪽으로는 먹이사슬에서 탈락하지 않으려 노심초사하며 살고 있습니다. 만약에 이 길들여진 먹이사슬을 과감히 거부하고, 거친 야생의 삶으로 돌아간다면 그는 진정 용감한 사람입니다.

자연 모사 공학

프랑스 파리의 상징 에펠탑과 라이트 형제가 만든 비행기의 공통점은 무엇일까요? 그것은 자연을 본뜨거나 모방해서 만들었다는 것입니다. 잘 알다시피 라이트 형제의 비행기는 새들이 나는 모습을 본떠 제작됐고, 에펠탑의 2층과 지상을 연결하는 아름다우면서도 튼튼한 네 개의 다리 구조는 사람의 고관절에서 아이디어를 얻어 디자인된 것입니다.

비행기의 경우, 처음엔 새를 모방했지만 나중엔 오징어를 모방했다고 합니다. 처음엔 양력이 문제였지만 그 뒤엔 속도가 중요해졌기 때문이지요. 오징어의 분사 방식을 이용해 제트 엔진을 만들었다는 설이 그것입니다.

‘자연모사공학’이란 말 그대로 자연을 본뜨거나 모방하는 공학을 말합니다.

알고 보면 먼 옛날부터 인간들의 지혜는 대부분 자연에서 빌려온 것이 많습니다. 따라서 자연모사공학의 역사는 인류의 역사만큼이나 오래됐다고 볼 수 있습니다.

자연계의 생체 물질은 오랜 기간에 걸쳐 진화해오는 동안 환경에 가장 적합하면서도 가장 효율적인 구조와 기능을 갖출 수 있었고, 인간은 이러한 자연에 존재하는 생체 물질의 기본 구조와 작동 원리 등을 빌려오거나 모방하면서 역사를 발전시켜왔습니다.

뿐만 아니라 현재에도 여전히 진행중이거나 앞으로 진행될 자연모사공학의 연구 주제도 자연의 모습만큼이나 엄청나게 다양하다고 합니다.

겨울눈 안에서 잘 접혀 있던 어린 나뭇잎이 밖으로 나오면서 넓게 펴지는 것을 우주선의 태양전지에 활용하려는 연구라든

가, 식물의 광합성 공정을 응용해 태양광발전을 시도하는 연
구도 있습니다. 어패류가 물속에서 다양한 형태의 표면에 강
력하게 들러붙는 것을 모방해 새로운 접착제를 개발하는가 하
면, 빛에 민감한 유전자를 지닌 박테리아를 이용해 컴퓨터를
개발하거나, 토란잎의 초발수성을 응용하여 방수섬유를 개발
하기도 합니다. 거미줄을 모방해 방탄용 천도 만들고, 교각 케
이블이나 인공 인대 등의 개발도 시도되고 있습니다. 생태적
으로 안정화된 목초지 상태를 모델로 한 농법 개발도 자연모
사공학의 범주로 분류할 수 있습니다. 자연의 목초지처럼 다
양한 종의 식물들을 함께 재배함으로써 농약이나 비료 없이도
농사를 지을 수 있다는 실험 결과들이 이미 나오고 있거든요.
'폐기물 제로화'를 추구하는 생태 산업 단지 설계도 마찬가
지입니다. 한 산업 시설에서 나오는 폐기물을 다른 산업 시
설의 원료로 사용해 폐기물이 발생하지 않도록 하는 것은 쓰
레기가 존재하지 않는 오래된 숲속 생태계를 모델로 삼았다

고 합니다.

인간이 창조한 수많은 예술품들 역시 자연으로부터 빌려온 것들입니다.

이렇듯 인간은 자연으로부터 무궁무진한 아이디어를 빌려오면서도 한 번도 사용료를 지불한 적이 없습니다. 반면에 다른 사람이 자신의 것을 조금이라도 모방하면 가차 없이 저작권법을 들이대며 사용료를 물립니다.

자연에게 빌려올 땐 공짜고, 다른 사람에게 빌려줄 땐 유료라는 말이지요.

듣고 보니 참 민망한 일입니다. 사용료를 주진 못해도 최소한 자연을 존중만이라도 해야 하지 않을까요?

코달 유전자

세균이 우리 몸에 침입하여 혈관으로 들어오면 우리 몸은 항균 면역체계를 총가동해서 세균에 대항함으로써 우리 몸을 보호합니다.

그런데 이상한 것은 우리 장에는 무수한 세균들이 버젓이 득시글대고 있답니다. 그것도 몸 세포 수보다 무려 10배나 많은 100조 개의 장내 세균들이 살고 있다네요. 그렇다면 도대체 이 장내 세균들은 어떻게 그 무서운 면역체계를 아랑곳하지 않고 장에서 공생할 수 있을까요?

그동안 수수께끼로 남아 있던 장내 세균과 면역체계의 관계가 얼마 전 밝혀졌습니다.

초파리 유전자 실험에 의하면, '면역 브레이크' 역할을 하는 코달 유전자가 장의 항균 면역체계를 억제함으로써 다수의 좋은 공생균(유산균 등)과 소수의 나쁜 공생균(비병원성 대장균 등) 모두가 생명체의 장 세포들과 맞서지 않고 균형을 이루며 살게 한다는 겁니다.

만약에 코달 유전자가 제 기능을 하지 못하면 억눌려 있던 항균 단백질이 지나치게 많이 생겨나 좋은 균은 줄고 나쁜 균이 득세하는 바람에, 장에 염증이 생기거나 세포가 사멸할 것입니다.

한마디로 장염의 원인이 공생 불균형이라는 말이지요.

지나치게 위생적인 사람이 털털한 사람보다 감기에 더 자주 걸리는 이유를 이제는 알 것 같습니다. 너무 자주 씻으면 나쁜 균과 함께 좋은 균도 덩달아 같이 씻겨나가므로, 정작 외부에서 나쁜 병균이 침입했을 때 그 병균을 막아줄 좋은 균이 부족해 결국 병에 걸리는 것이지요.

좋은 균과 나쁜 균이 균형을 이루며 공생하고 있으면 건강하고, 균형이 깨져 그 공생 관계가 불균형해지면 병이 생긴다? 어찌 우리 몸에만 해당되는 얘기겠습니까? 사람이 서로서로 얽히고설켜 관계망을 맺고 있는 이 사회도 사람의 몸과 닮은 꼴입니다.

지나치게 위생적인 사람이 병에 걸릴 확률이 높듯이, 지나치게 한쪽으로만 기운 사회는 독재 사회로 떨어질 위험이 높습니다. 우리 사회가 건강하게 살아 있으려면 반대 의견과도 공생의 균형을 유지해야만 합니다. 반대 목소리를 깡그리 무시하고 자기 입맛에 맞는 정책과 사람만을 앞세워 일방적으로 밀어붙인다면, 아마도 장염 치료가 아니라 대대적인 장 수술이 필요할지도 모릅니다.

우리 사회에도 코달 유전자가 제대로 작동되는지, 그래서 찬성과 반대가 공생의 균형을 유지하는지, 자주 건강검진을 받아봐야겠습니다.

고로쇠 물

의신마을에 사는 한 지인이 고로쇠 물을 보내왔습니다.

아니 벌써? 하고 달력을 올려다보니 대동강 물도 풀린다는 우수입니다.

오염 안 된 식수라도 맘 놓고 마실 수 있으면 좋겠다고 생각하던 참인데 고로쇠 물 한 병을 받으니 한층 더 고맙고 귀한 선물로 다가왔습니다.

의신마을은 화개장터에서 쌍계사를 지나 대성골과 빗점골로 갈라지는 길목에 있습니다.

마을 주민들은 대략 2월경부터 4월까지 약 3개월 동안 고로쇠 물을 팔아 거의 1년 동안의 생활비를 충당합니다.

고로쇠나무가 주민들의 의식주는 물론 자식 공부의 60~70퍼센트를 해결해주는 셈이지요.

그런데 이 고로쇠 수액을 가장 즐겨 찾는 사람들은 여수 사람들이라고 합니다.

그래서 여수에서 고기가 많이 잡혀 경기가 좋아지면 의신마을 경기도 좋아지고, 여수에서 고기가 안 잡혀 경기가 나빠지면 의신마을 경기도 따라서 나빠진다고 합니다.

바다와 산, 물고기와 나무, 그리고 호남과 영남, 이 모든 것이 먹이사슬의 한 순환 고리를 이루는 것이 세상입니다.

그런데도 사람들은 제 이해관계에 따라 바다와 산, 물고기와 나무, 호남과 영남을 갈라놓고, 우열을 가리고 좋고 나쁨을 가리고 많고 적음을 가리면서 아옹다옹 다툽니다.

그래서 자연은 위대하고 인간은 어리석은가 봅니다.

음덕양보

양계장으로 생업을 꾸리는 분이 있었습니다.

어느 날 그 양계장에 수리부엉이 한 마리가 날아들었습니다.

놀라움과 공포에 사로잡힌 병아리들은 사나운 침입자를 피해

이리저리 떼를 지어 도망 다녔습니다. 서로를 방패막이 삼아

이리저리 밀치고 파고들며 짓밟는 동안 그만 병아리 수천 마

리가 질식사하고 말았습니다.

병아리들의 난동 소리에 놀란 양계장 주인은 먼저 부리나케

집 안으로 뛰어들어가 공기총부터 챙겨 들고 양계장으로 뛰어

갔습니다. 그러나 주인이 도착했을 때는 이미 병아리 9천여

마리가 떼죽음을 당한 뒤였습니다.

20여 일만 더 기르면 큰돈을 벌 수 있었는데 한순간에 물거품이 되고 만 것입니다.

망연자실한 주인의 눈에 양계장 천장에서 가쁜 숨을 몰아쉬고 있는 부엉이 모습이 들어왔습니다. 순간 주인은 자기도 모르게 부엉이를 향해 공기총을 겨누었습니다.

그런데 이상한 일입니다. 사람이 총을 겨누는 걸 보고도 부엉이는 꼼짝도 하지 않았습니다. 자세히 보니 한쪽 날개가 철망에 걸린 것 같았습니다. 주인은 차마 방아쇠를 당길 수 없었습니다.

수리부엉이가 천연기념물(324호)이란 얘기를 TV에서 본 기억이 떠올랐습니다. 주인은 총 대신 휴대전화기를 들고 119구조대를 요청하였습니다.

부엉이는 목숨은 건졌지만 한쪽 날개가 많이 찢어져 동물 보호소로 옮겨져 치료를 받았습니다.

그런데 참 묘한 일입니다.

양계장은 그때 이후 계속 병아리를 키우기만 하면 대박이 나

서 큰돈을 많이 벌었답니다.

'음덕양보陰德陽報'라고, 남모르게 베푼 덕은 반드시 세상에

알려져 응보를 받는 모양입니다.

양계장 주인은 수리부엉이가 은혜에 보답한 거라며 연신 싱글

벙글입니다.

병아리를 잃은 분노와 수리부엉이에 대한 복수 대신에 용서라

는 자유를 얻었기에 복을 받은 거 아닐까요?

귀신고래

고려 초 박인량朴寅亮이 엮은 《수이전殊異傳》에는 한국의 유일한 태양신 설화인 '연오랑延烏郞과 세오녀細烏女' 이야기가 나옵니다.

신라 아달라왕 4년(서기 157년), 동해 바닷가에 살던 연오랑·세오녀 부부가 각각 바위에 실려 일본의 한 섬에 도착해 그곳에서 임금과 왕비가 되었는데, 그 순간 신라에서는 해와 달이 빛을 잃는 변괴가 일어났답니다.

그런데 이들 부부가 일본에 타고 갔던 바위는 실은 바위가 아니라 귀신고래의 등이었다고 합니다.

옛날 한반도 근해에 귀신고래가 얼마나 흔했는지를 짐작할 수 있는 대목입니다.

사실 귀신고래는 바위로 착각하게끔 생겼습니다. 몸 전체가 회색 얼룩 반점으로 뒤덮여 있는 데다가 따개비나 굴 같은 고착생물이 다닥다닥 붙어 있어서 멀리서 보면 영락없이 바위처럼 보입니다.

'귀신'이란 이름이 붙은 건 신출귀몰하게 도망 다니기 때문인데요, 해안 바위틈에 머리를 빼꼼히 내밀고 있다가 감쪽같이 사라져 근처에서 자맥질하던 해녀들은 귀신을 본 듯 기겁을 한다네요.

귀신고래의 정식 이름은 '한국계 회색고래Korean Gray Whale'로서, 100여 종 고래 가운데 유일하게 '한국'이란 이름이 들어간 종입니다. 이 이름을 처음 쓴 사람은 로이 채프먼 앤드류로, 스필버그의 대표적 영화 〈인디아나 존스〉의 실제 모델이기도 합니다. 그는 직접 조선에 와서 2년간 연구를 한 뒤 귀국해 1914년에 쓴 논문에 '한국계 귀신고래'란 이름을 사용했고, 그것이 시초가 돼서 이후 학계에 이 명칭이 정착되었다는군요.

하지만 1만 년 동안 한국인의 친구였던 귀신고래는 일제 강점기에 무차별 남획되는 바람에 1977년 동해안에서 마지막으로 목격된 뒤 지금까지 나타나지 않고 있습니다.

1962년 천연기념물 126호로 지정하여 관심을 촉구했지만 너무 늦었는지, 아무 소용이 없었습니다.

대신에 일본 태평양 측 해안에는 가끔씩 출몰하는 모양입니다. 이 때문에 일본의 귀신고래 박사인 가토 씨가 '아시안 귀신고래'로 부르기 시작했고, 중국 측에서도 그 호칭에 동조하는 바람에 최근엔 '한국계 귀신고래'가 아닌 '아시안 귀신고래'로 바꿔 부르고 있답니다.

최근 국립수산과학원 울산 고래연구소에서 동해에서 헤엄치는 귀신고래의 사진이나 동영상을 제시하는 사람에게는 1천만 원의 포상금을 주기로 했답니다.

귀신고래 덕분에 '한국계 귀신고래'란 본래 이름도 되찾고,
바다 이름도 '일본해'가 아닌 '동해'로 회복된다면 일거양득
아닌가요? 이런 애국적 이유 말고도 동해 바다가 깨끗해지면
환경적으로도 좋아지는 셈이니, 금상첨화일 테고요.

〈고래와 창녀〉는 파타고니아를 통해서 자연의 신비함에 대한
한없는 동경과 외경을 심어준 영화입니다. 무엇보다도 비행
기를 타고 하늘에서 내려다본 고래 떼의 유영 장면은 충격적
일 만큼 강렬했습니다.

시퍼런 바다와 하얀 물보라, 그 사이를 유영하는 고래의 모습
은 어떤 인간도 흉내 낼 수 없는 신이 만든 완벽한 예술 작품
이었습니다.

왜 고래가 우리 곁에 살아 있어야만 하는지 그때 절실히 깨달
았습니다.

고래는 자유로운 영혼 그 자체이기 때문입니다.

팜므파탈

졸업식장을 장식한 반딧불이(개똥벌레) 그림과 '형설지공螢雪之功'이라는 사자성어 사이에는 '반딧불이'라는 공통분모가 존재합니다.

형설지공이란 여름엔 반딧불이를 등불 삼고 겨울엔 눈빛을 등불 삼아 그 아래서 책을 읽으며 공부한다는 뜻으로, 어렵고 힘든 공부 과정을 은유합니다.

그런가 하면 연인들이 사랑을 나누는 여름밤이면 어김없이 반딧불이가 등장해 사랑의 메신저처럼 신비로운 빛을 깜빡이곤 합니다.

그렇다면 과연 반딧불이는 어떻게 불빛을 내는 것일까요?

반딧불이는 종에 따라 꽁무니에서 내는 빛의 세기와 간격이 다 달라, 이 불빛 신호의 차이로 서로를 구별한다고 합니다.

반딧불이가 내는 빛은 암컷과 수컷이 서로에게 보내는 '사랑' 혹은 '짝짓기' 신호입니다.

먼저 수컷이 공중을 맴돌며 불을 밝히면, 암컷은 수컷이 내는 빛에 따라 수풀 속에서 반응하는 것입니다. 강한 빛을 자주 반짝일수록 암컷의 호감을 살 수 있답니다. 이렇게 하여 마음에 드는 수컷을 발견하면, 암컷은 수컷에게 등대의 불빛처럼 깜박이는 신호를 보냅니다.

그런데 암컷들은 종에 따라 빛을 발산하는 시간, 즉 반응하기까지 걸리는 시간이 다릅니다. 이 때문에 수컷들은 같은 종의 암컷을 알아볼 수 있습니다. 마치 항해사가 특정한 등대의 불빛 모양을 찾는 것처럼 같은 종임을 알리는 깜박거림의 형태를 찾는 것이지요.

그런데 놀라운 건, 북미산 반딧불이인 포투리스Photuris 속屬

암컷은 다른 종 포티누스Photinus 속 암컷이 수컷에게 보내는 교미 신호를 흉내 내 거짓 형광 신호를 보낸답니다. 그럼 포티누스 속 수컷은 포티누스 속 암컷인 줄 알고 다가갔다가 덥석 잡아먹히고 마는 겁니다. 왜 포투리스 속 암컷은 포티누스 속 수컷을 유인하여 잡아먹는 걸까요? 그 이유는 스테로이드 혼합물인 방어용 화학물질(루시부하긴lucibufagins)을 섭취하기 위해서랍니다. 포투리스 속 암컷은 이 화학물질을 체내에서 합성하지 못하고 오직 포티누스 속 수컷을 잡아먹음으로써만 섭취할 수 있다는군요.

이 화학물질은 구토를 일으키기 때문에, 만약 새가 포투리스 속 암컷을 잡아먹으면 즉시 '웩' 하고 반딧불이를 도로 뱉어버린답니다. 또 거미는 반딧불이가 거미줄에 걸리면 거미줄 밖으로 밀쳐낸다네요. 이 물질은 알에도 전해져 무당벌레 등 천적을 물리치는 데 필수라고도 합니다. 말하자면 포투리스 속 암컷에게는 이 화학물질이 적으로부터 목숨을 구하는 방어 물질이자 생존 필수품인 셈입니다.

묘한 성적 매력과 아름다움을 이용해 남자를 거부할 수 없는 강렬한 흡인력으로 유혹한 다음, 남자의 운명을 파국으로 혹은 나락으로 빠뜨려 끝내는 죽음으로까지 몰고 가는 요부나 악녀를 가리켜 '팜므 파탈femme fatale'이라고 합니다(팜므는 프랑스 어로 '여성', 파탈은 '숙명적인, 운명적인'이란 뜻).

포투리스 속 암컷 반딧불이는 곤충계의 팜므 파탈입니다. 곤충도 사람처럼 상대의 약점을 이용해 상대를 죽인다는 사실이 참으로 놀랍습니다. 하지만 같은 팜므 파탈이라도 목적은 천지차이입니다. 곤충은 생존과 방어 본능을 위해서 상대를 죽이지만 사람은 자신의 욕망을 위해서 죽이니까요.

소설이나 영화 속에 등장하는 팜므 파탈이 지닌 치명적 아름다움만큼이나 한여름 밤 반딧불이가 발산하는 불빛 또한 신비롭고 아름답기 그지없습니다. 그 불빛 아래서 한여름 밤의 사랑을 나눌 수만 있다면 죽음도 두렵지 않을 것입니다.

코끼리

1956년 발표된 로맹 가리의 장편소설 《하늘의 뿌리》는 자연을 파괴해서라도 산업화 · 문명화를 이루자는 현실주의와 자연보호를 외치는 이상주의 사이의 대립을 보여준 소설입니다. 굶주림에 허덕이는 아프리카 민중들에게 코끼리는 생명을 유지하게 하는 유일한 단백질 공급원입니다. 그런 민중들에게 코끼리는 5톤의 고기를 의미하지요.

반면에 독립국가를 수립하기 위해 싸우는 군인과 정치가 들에게 코끼리의 상아는 총과 탄알, 그리고 용병을 살 수 있는 귀중한 군자금 공급원입니다. 이들에게 코끼리는 상아와 돈을 의미하지요.

결국 아프리카 민중이나 군인, 혹은 정치가 들에게는 정글은 없애야 하고 코끼리는 죽여야 할 대상으로밖에 인식되지 않았습니다.

그런데 어느 날 한 이상주의자가 등장합니다. 그는 지구 위에서 가장 거대한 동물인 코끼리가 고기와 상아를 위해 무차별 죽어가는 것을 그대로 방치할 수가 없었습니다. 코끼리가 자유롭게 거닐 수 있는 정글이 파괴되는 것을 가만히 두고만 볼 수가 없었습니다. 그래서 정글 파괴와 코끼리 살육을 저지하기 위해 맨몸으로 싸우게 됩니다.

1956년이면 6·25가 끝난 지 3년쯤 지난 시기입니다. 그때 우리가 가진 것이라곤 폐허가 된 국토뿐이었습니다. 허기를 채울 수 있는 것이라면, 돈만 된다면, 산이나 강을 파헤치는 것쯤은 문제가 아니었고, 공해산업도 가리지 않았습니다. 눈만 뜨면 농지를 엎고, 산을 깎고, 바다를 메웠죠. 삼면의 바닷가에는 빙 둘러 공장이 빼곡히 들어찼고, 그 사이에는 도로와

철도가 거미줄처럼 이어졌습니다.

프랑스는 한때 지구상에 식민지를 여러 나라 거느린 제국주의 국가였습니다. 그런 제국주의 작가이기에 코끼리나 정글 파괴에 관심을 갖고 문제제기를 할 수 있는 것 아니냐고 애써 깎아내리고 부정할 수도 있습니다. 허기진 배를 움켜쥐고 먹고살기 위해 몸부림치는 사람들이 보기엔 배부른 자의 위선으로 보일 수도 있습니다.

그러나 지금 우리는 부자는 아니지만 먹고살 정도는 되었습니다. 그럼에도 우린 여전히 더 부자가 되고 싶어 합니다. 대운하 건설로 부자가 되자고 외치고 있습니다. 너도나도 대박을 꿈꾸며 부자 되길 축원합니다. 돈 말고는 다른 그 무엇도 돌아보려고 하지 않습니다.

우리도 이제는 김구 선생님의 말처럼 부자 나라보다는 아름다운 나라에서 살아야 하지 않겠습니까?

"이제는 언덕에 올라가 다른 무언가를 보고 싶다. 아직 모든 것이 더럽혀지지 않았다는 것, 모든 것이 끝장나지 않았다는 걸 확인하고 싶다. 이 더러운 지구에도 아직은 아름다운 것, 아직은 자유로운 것이 남아 있다는 것을 확인하고 싶다."

소설의 주인공이 그토록 보고 싶어 했던 건 바로 코끼리였습니다. 한 무리의 코끼리 가족이 드넓은 초원에서 자유롭게 살아가는 모습이었습니다.

그렇다면 지금 현재 우리가 보고 싶은 건 과연 무엇일까요?

개구리들,
뱀을 왕으로 삼다

숲 속에 작은 연못이 하나 있었습니다. 그 연못은 아주 살기 좋은 곳이었지만, 거기 살고 있는 개구리들은 정서적으로 불안정했습니다. 아버지로 느낄 만한 존재가 없었기 때문이었죠.

개구리들은 하늘의 신인 조물주에게 대표단을 보내, 왕을 얻게 해달라고 탄원했습니다.

개구리들을 밉지 않게 생각한 조물주는 커다란 통나무 하나를 연못에 떨어뜨렸습니다.

"이제부터 저 통나무가 너희의 통치자이다. 저 통나무를 존경하라. 그러면 너희는 평화를 얻게 될 것이니라."

처음에 개구리들은 굉장히 기뻤습니다. 그 통나무가 햇볕을

쪼일 수 있는 훌륭한 장소를 제공해주었을 뿐 아니라 많은 애벌레와 딱정벌레, 지렁이 들이 통나무 주변에 몰려들어서 한동안 개구리들의 먹이가 풍성하게 늘어났기 때문입니다.

그러나 그 통나무가 전혀 움직이지도 않고 말도 한마디 하지 않자 젊은 개구리들은 슬슬 통나무를 답답하게 여기기 시작했습니다. 통나무가 전혀 아무런 반응을 보이지 않기 때문에 개구리들은 자기들이 죄를 저질렀는데도 벌을 받지 않고 있는 듯 불안감을 느끼게 된 겁니다. 이 때문에 통나무가 오히려 짜증스럽게 느껴진 것이지요.

개구리들은 다시 한 번 대표단을 구성해서 조물주에게 보내 자신들의 불만을 털어놓았습니다. 개구리들이 자신이 내린 조치에 불평을 늘어놓자 조물주는 화가 머리끝까지 났습니다. 그래서 이들의 어리석음을 응징하기로 하고 커다란 물뱀 한 마리를 왕으로 삼으라고 연못으로 내려 보냈습니다.

먹성이 엄청나게 좋은 물뱀은 닥치는 대로 개구리를 잡아 삼시 세기를 완전히 개구리 식사로만 때웠습니다. 얼마 안 가 개구리들은 물뱀한테 깡그리 다 잡아먹혀 연못 안에서 다 사라지고 말았습니다.(로버트 짐러, 《패러독스 이솝 우화》. '이솝 우화'를 현대에 맞게 새로 개작함.)

놀랍게도 21세기를 사는 현대인들 역시 어리석은 짓을 되풀이하고 있습니다.

개구리들처럼 부자와 권력자 몇몇의 배만 더 불려주는 뱀을 지도자로 선택했으니 말입니다.

설마 하고 순진하게 뱀을 지도자로 믿었기 때문일까요? 아니면 자신을 그 몇몇 부자와 권력자로 혼동했기 때문일까요? 하긴 백화점 명품 매장에서 일하는 종업원들은 가끔 자신의 정체성을 착각한다고 합니다. 쥐꼬리만 한 월급 받으며 하루 종일 서서 중노동을 하는 노동자임에도 불구하고 매일 돈 많은 부자 손님들만 상대하다 보니 자신도 부자라고 착각하게 되는 것이지요. 매일 들려오는 얘기가 부동산 횡재에 뉴타운에 주식과 펀드 얘기뿐이니, 마치 자신이 그 횡재의 장본인이 된 듯한 착각에 사로잡히는 것도 무리는 아니지요.

하지만 한입에 잡아먹힐 걸 뻔히 알면서 뱀에게 다가가는 개구리는 없습니다. 뱀을 보면 무조건 도망가는 게 개구리입니다. 그러고 보면 사람은 개구리만도 못한 거 같습니다. 자길 잡아먹을 존재인지 아닌지조차 가릴 줄 모르니 말입니다.

자신들의 삶이 피폐해지고 생활이 파탄 난 다음에 지도자를 잘못 선택한 어리석음을 후회해봤자 개구리의 운명을 답습할 뿐입니다.

뱀에게 몽땅 잡아먹힌 개구리가 죽어가면서 인간에게 보낸 뼈아픈 경고를 항상 잊지 말아야겠습니다.

목련과 〈매그놀리아〉 그리고……

목련은 참 묘한 꽃입니다. 봄의 전령 중에서도 가장 먼저 피고 가장 먼저 지는 봄꽃이건만, 어느 봄꽃보다도 피어남과 스러짐이 가장 극적이면서 가장 슬픕니다. 그래서 목련의 가장 큰 특징을 순간의 강렬함이라고 말하는지도 모릅니다.

어제까지만 해도 단순한 꽃봉오리였다가, 어느 순간 자고 일어나면 한 송이 꽃으로 활짝 피어나고, 또한 눈부시게 아름답구나 감탄하는 순간 갑자기 사라지고 맙니다. 순간적인 피어남과 스러짐을 가장 극단적으로 보여주는 꽃, 목련. 생명의 덧없음과 삶의 속절없음을 봄꽃으로 은유하는 까닭을 알 것도 같습니다.

그런가 하면 목련은 꽃송이 자체도 크지만 꽃잎 한 장 한 장을 살펴봐도 충분히 크고 단아합니다. 그리고 그 꽃잎들은 서로 불규칙하게 꽃의 형태를 이루며 붙어 있습니다. 코스모스처럼 질서정연하게 붙어 있지 않고, 서로 연관성이 없어 보이는 듯 얼기설기 붙어 있습니다. 그 기묘한 어긋남과 조화로움을 함께 간직한 꽃이 바로 목련입니다.

폴 토마스 앤더슨 감독의 영화 〈매그놀리아(목련)〉는 위에 나온 목련의 특징들을 쏙 빼닮았습니다.

영화는 미국 남부 캘리포니아에서 어느 하루 동안 일어나는 아홉 개의 에피소드를 통해 미국 사회의 단면을 보여줍니다. 인물과 사건은 서로 충돌하고 복잡하게 얽혀 사건을 만들어 갑니다. 이러한 일상인들의 단편적이고도 위선적인 모습들은 서로 아무런 관계가 없어 보입니다. 하지만 영화 전체로 보면 우연한 조화를 이루면서 미국 사회라는 하나의 배경을 드러냅니다. 구성과 전개 방식에서조차 목련 꽃잎이 연상되는 건

이런 연유에서인지도 모릅니다.

영화 속 미국 사회의 모습은 한마디로 '위선'과 '외로움'입니다. 위선적인 부모들은 자식들에게 자신이 과거에 저지른 죄악을 고백하고 관용과 용서를 빕니다. 반면에 부모에게서 버림받고 소외된 자식들은 자신의 외로움을 사랑으로 채워달라고 외칩니다. "나에겐 줄 사랑이 많다. 그런데 어디다가 줘야 할지를 모르겠다." 영화는 개구리 비를 내림으로써 이 모든 죄악을 한꺼번에 씻어내려 합니다.

폴 토마스 앤더슨을 천재 감독이라고 부르는 건, 그가 관용과 용서, 그리고 사랑에 대해 진지하게 묻고 있는 이런 영화를 20대에 만들었기 때문입니다. 또한 미국의 두 뿌리인 석유와 기독교에 카메라 앵글을 고정시킨 영화 〈데어 윌 비 블러드〉를 30대에 만들었기 때문입니다.

목련꽃이 떨어지는 소리가 들립니다.

목련꽃은 꽃이 아닙니다. 슬픔입니다. 절망입니다. 우리 모두의 삶의 무게입니다.

그 치명적 아름다움에 몸이 떨립니다.

벽화로
사랑을 얻다

《아라비안나이트》(45일~146일, 719일~738일)에 나오는 이
야기입니다.

왕자는 미치도록 공주를 짝사랑하는데, 얄밉게도 공주는 왕
자를 거들떠보지도 않습니다. 어긋난 사랑에 절망한 왕자를
돕기 위해 늙은 유모가 큐피드로 나섭니다. 편지도 전하고,
공주를 만나게 해주려고 갖은 애를 다 써보지만 공주는 마음
을 열지 않습니다. 상사병에 시달리는 왕자에게 유모가 결정
적 정보를 제공합니다. 공주가 유난히 남자를 싫어하게 된 사
연을 귀띔해준 거지요. 사연은 이렇습니다.

어느 날 공주는 새몰이꾼이 그물을 쳐서 새를 잡는 꿈을 꾸었습니다. 새몰이꾼이 그물을 쳐놓고 새 모이를 뿌리자 많은 새들이 날아와 모이를 쪼아 먹었습니다. 그중엔 비둘기 부부도 있었는데, 수비둘기 발이 그만 그물에 걸렸습니다. 벗어나려고 날개를 퍼덕이자 그걸 본 다른 새들이 놀라서 모두 달아나 버렸습니다. 암비둘기도 놀라 그들과 함께 급히 달아났으나 곧 다시 되돌아와서 수비둘기 다리에 걸린 그물을 부리로 쪼아 벗겨내 같이 달아났습니다.

그 다음날 꿈에는 암비둘기가 그물에 걸려 퍼덕였습니다. 그런데 다른 새들과 함께 달아난 수비둘기는 영영 되돌아오지 않았고, 결국 암비둘기는 목이 비틀려 죽고 말았습니다.

이 꿈을 꾼 다음부터 공주는 남자를 극도로 미워하고 증오하게 되었습니다. 남자란 인정도 없고 신의도 없는 이기적인 동물이라는 불신이 가득 차게 된 것이지요.

왕자는 급히 화공을 불러 공주의 정원 안 정자 벽에 그림을 그리도록 지시합니다.

첫 번째 벽에는 새몰이꾼이 그물을 치는 모습을, 두 번째 벽에는 암비둘기가 그물에 걸린 수비둘기를 구하는 모습을, 세 번째 벽에는 새몰이꾼이 그물에 걸린 암비둘기의 목에 칼을 대고 있는 모습을, 마지막 네 번째 벽에는 커다란 독수리가 발톱을 세우고 수비둘기를 꽉 움켜잡은 모습을 각각 그려 넣게 한 것입니다.

며칠 후 공주는 유모가 이끄는 대로 정원을 산책하다가 정자의 벽화를 보고 깜짝 놀랍니다. 네 번째 벽화에서 수비둘기가 암비둘기를 구하러 돌아오다가 독수리에게 잡혀 죽은 사연을 알게 된 것이지요. 그제야 공주는 남자에 대한 불신을 거두고 왕자의 사랑을 받아들이게 됩니다.

똑같은 상황이라도 그 상황을 어떻게 이해하느냐에 따라 사람 마음이 천국과 지옥을 오고갑니다.

오묘한 것은 상황이 아니라 사람의 마음인 것 같습니다.

어느 날 우연히 한밤중에 거대한 화훼농장 앞을 지나게 되었
습니다. 사방은 칠흑같이 캄캄한데, 유독 비닐하우스 안은 대
낮같이 밝고 환했습니다. 너무 눈이 부셔서 멀리서도 금방 눈
에 띌 정도였습니다.

꽃들 머리 위에 밤새도록 눈부신 조명을 비춰 대낮같이 불을
밝히는 이유는 꽃들이 빨리 피지 못하게 하기 위해서라고 합
니다. 그 말을 들으니 문득 온몸에 소름이 돋았습니다. 사람에
게 가하는 가장 무서운 고문이 잠 안 재우는 고문 아니던가요?
그때부터였을 겁니다. 꽃가게에 진열된 장미나 국화를 볼 때
마다 잠 안 재우는 무시무시한 고문이 떠올라 꽃들을 똑바로

쳐다볼 수가 없었습니다.

요즘 딸기는 사시사철 나오는 과일이 되었습니다. 딸기는 수분 함량과 당도가 높고 비타민C가 풍부해 대표적 건강식품으로 손꼽힙니다. 여기에 암세포 성장을 억제하고 노화를 방지하는 물질까지 풍부하게 함유하고 있어 가히 종합영양소라 할 수 있답니다.

그런데 이 딸기가 어떻게 사시사철 철을 안 가리고 나오는지, 특히 엄동설한 한겨울에도 지천으로 쏟아져 나오는지 아는 사람은 드물 겁니다.

원래 딸기가 열매를 맺는 건 본능에 의해서입니다. 추운 겨울이 가고 따뜻한 봄이 오면 본능적으로 열매를 맺어야 한다는 사실을 감지하고 열매를 맺는다는 말이지요. 이 점에 착안한 인간들은 딸기 모종을 냉장시켜 겨울인 것처럼 속인 후, 그 다음에 따뜻한 온실로 모종을 옮긴다고 합니다. 그러면 딸기 모종은 겨울이 지나고 봄이 온 줄 알고 곧이어 딸기를 생산하는 것이지요. 만약 냉장하지 않고 그냥 딸기 모종을 온실에서 죽 키운다면, 딸기는 결코 사시사철 인간이 원할 때마다 열매를 맺을 수 없을 겁니다.

빨간 딸기를 갈아서 하얀 우유와 섞어 투명한 유리잔에 담습니다. 색깔이 눈길을 확 당깁니다. 입 안 가득 침이 고입니다. 한 모금 쭉 들이켜자 달콤한 향기와 시큼한 맛이 입 안에 가득 퍼져나갑니다. 입맛을 다시며 잠시 생각합니다. 먹고 싶을 때 언제든 먹을 수 있으려면 어쩔 수 없지 않은가? 다시 한 모금 마시고 또 잠시 생각합니다. 시간만 조금 속인 것뿐인데, 뭐. 천천히 한 잔 다 마시고 나니 배가 부릅니다. 슬그머니 딸기에게 미안한 생각이 듭니다. 딸기에게 과연 이래도 되는 건가?

논병아리의
모성애

도로를 지나는데 논병아리들이 조르르 어미를 따라 길을 건너는 게 보였습니다. 멀리서 달려오던 차 한 대가 '끼익' 하고 급정거를 했습니다. 깜짝 놀란 아기 병아리들은 어쩔 줄을 몰라 혼비백산했습니다.

그런데 어미가 뭐라고 신호를 보냈는지 병아리들이 일사불란하게 움직이는 군인들처럼 갑자기 조르르 뒤로 돌아 반대로 왔던 길로 돌아가는 게 아닙니까? 이번엔 어미가 이상했습니다. 갑자기 쓰러질듯 말듯 비틀거리며 지그재그로 길 한복판을 왔다 갔다 하는 것이었습니다.

사람들이 어미의 이상한 행동을 지켜보는 데에 정신을 팔고 있는 사이에 새끼들은 무사히 왔던 길을 되돌아가 도로 아래쪽 풀숲으로 감쪽같이 사라졌습니다. 새끼들 모습이 보이지 않게 되자 그제야 어미는 아까까지의 이상한 행동을 멈추고 새끼들이 간 방향과는 반대쪽으로 쏜살같이 내달렸습니다.

어미의 이상한 행동은 새끼를 보호하기 위한 위장 전술입니다. 사냥꾼의 관심을 어미에게 돌려놓고 그 사이에 새끼들이 무사히 도망치도록 유인하려는 술책이지요.

새끼를 위해 기꺼이 자신의 목숨을 내놓는 어미의 사랑에 나도 모르게 감정이 복받쳤습니다.

문득 어머니가 보고 싶었습니다. 하지만 전화조차 할 수 없다는 사실에 목이 메었습니다.

어머니가 이 세상에 안 계시다는 것이 오늘처럼 슬픈 날은 없었습니다.

밭갈이에서
혁명을 배운다

오늘 모종을 심기 위해 밭갈이를 시작했습니다. 잡초들이 그
새 얼마나 흙속 깊이 뿌리를 내렸는지 도저히 땅을 뒤집을 엄
두가 나지 않습니다.

왜 이리 잡초가 많을까 짜증이 났다가도 책에서 본 한 구절로
위안을 삼습니다.

"모든 생물이 잘 사는 땅은 사람도 살기 좋고, 모든 생물이 잘
살지 못하는 땅은 사람도 살기 나쁘다."

잡초 덕분에 땅이 좋은 걸 알았으니, 이 세상에 잘못 태어난
존재는 하나도 없다는 말은 백번 옳은 것 같습니다.

이웃들은 제초제를 뿌리라고 성화입니다만, 10년 전에 사놓

은 제초제는 병마개도 따지 않은 새것 그대로입니다. 그 병마개를 따는 순간 《아라비안나이트》에 나오는 이야기처럼 무시무시한 마신이 튀어나와 땅을 버려놓는다고 벼락처럼 혼을 낼 것만 같습니다.

작심하고 호미로 삽으로 땅을 파 뒤집어봅니다. 흙을 깊이깊이 뒤집어줄수록 작물이 잘 자랍니다. 흙이 보슬보슬해야 뿌리를 깊이 내릴 수 있기 때문이지요. 땅 표면만 살짝살짝 파서 뒤집어서는 안 됩니다. 작물이 뿌리를 내리지 못해 얼마 안 가 비실비실 말라버리고 맙니다. 땅을 깊이깊이 파고들어 흙덩이를 뒤집어주어야 합니다.

어찌 농사뿐입니까. 정치도 경제도 사회도 이와 꼭 닮았습니다.

지난 10년 동안 더 깊이 더 밑바닥까지 내려가 뒤집었어야 했습니다. 근본부터 싹 다 바꿨어야 했습니다. 저 밑바닥까지 민주화 뿌리가 깊숙이 파고 내려가게 했어야 했습니다. 약자에 대한 사회보장제도가 넓게 튼실하게 뿌리내리게 했어야 했습니다. 그랬더라면 대통령이 바뀌든 어떤 정부가 집권을 하든, 지금처럼 하루아침에 뒤집히거나 바뀌지 못했을 겁니다.

땅 표면만 살짝 바꾸는 변화나 개선 정도로는 어림도 없습니다. 평등과 자유를 뿌리내리게 하려면 땅을 더 깊이깊이 파서 완전히 뒤집어줘야 합니다.

저 밑바닥 흙덩이가 위로 올라오고, 저 위 흙덩이가 땅속으로 깊이 파묻히는, 일대 혁명이어야 합니다.

이 봄, 밭갈이를 하면서 혁명을 다시 배웁니다.

우   리

어 디 선 가

만 난 적 이

있 지 요?

밤늦게 지하철이나 버스를 타면 꾸벅꾸벅 조는 승객들을 자

주 봅니다.

하루 종일 온갖 스트레스에 시달리거나, 퇴근길에 술 한잔 걸

치면, 자기도 모르게 흔들리는 차를 요람 삼아 세상모르고 단

잠에 곯아떨어지게 마련이지요. 위태롭게 목을 이리저리 흔

들며 잠든 모습이 측은하기 짝이 없습니다. 전력투구를 해도

자신의 뜻대로 되지 않을 때가 많은 것이 삶이지요. 이 고해

같은 삶을 허우적대다 보면 가끔 지친 영혼을 누군가의 포근

한 어깨에 기대어 잠들고 싶을 때가 있습니다.

축 늘어진

달그림자 밟으며

퇴근길에 오릅니다

시든 풀잎으로

버스에 올라

꾸벅꾸벅 졸다

문득

두 눈 가득 밟혀오는

아! 그대

함께 우리 세상 산다는 것만으로도

고마운 그대

집으로 향하는 길

풀꽃 향기 새롭습니다

기타 치며 노래하는 모습은 언제 봐도 멋있습니다.

그러나 막상 기타를 배우려고 하면 고생이 이만저만 아닙니다.

손가락 끝에서 피가 나고 손가락마다 굳은살이 박일 정도가

돼야 제법 친다는 소리를 들을 수 있습니다.

기타뿐이겠습니까.

자전거 타는 걸 배우려고 해도 무릎과 팔꿈치에 몇 번씩 피가

나야 합니다. 딱지가 아물 새 없이 그 위에 또 상처가 나고,

그렇게 해서 굳은살이 박일 때쯤이 되야, 제법 자전거를 탈

줄 안다는 소리를 들을 수가 있습니다.

어릴 때 엄마 손에 이끌려 시장에 자주 가던 생각이 납니다.

그 시장에서 나무인형을 만들어 팔던 한 아저씨를 보았습니다. 그런데 아저씨의 오른손에는 손가락 두 개가 없었습니다. 나무인형을 만들다가 손가락 두 개가 몽땅 잘려나가버렸답니다. 시장에 내다 파는 나무인형 하나 잘 만드는 데도 손가락을 두 개씩이나 바쳐야 하다니요? 만약에 불후의 명작이 될 만한 목각 작품을 하나 남기고 싶다면, 목숨 정도는 바칠 각오를 해야 할지 모르겠습니다.

이 세상에 대가 없이 얻을 수 있는 건 하나도 없습니다. 뭔가를 얻는다는 건, 얻는 만큼의 뭔가를 잃는다는 걸 의미하니까요. 그러고 보니 무언가를 얻는다는 것이 참으로 두렵습니다.

아주 작은 한 가지를 얻으려 해도 가장 소중한 한 가지를 바쳐야 하니까 말입니다.

살아가면서 우리가 얻은 건 무엇이고 잃은 건 무엇일까요?

가을 전어

가을바람이 불면 어딜 가나 전어가 최고 인기입니다.

전어는 산란기인 봄, 여름엔 맛이 없지만 가을이 되면 체내에 지방질이 차면서 맛이 매우 좋아집니다.

처음 먹는 사람은 그 맛이 약간 비리고 잔가시가 많아 썩 내키지 않을 수도 있습니다. 그러나 전어를 잘게 썰어 잔뼈와 함께 오래 씹다 보면 특유의 고소한 맛이 깊게 우러납니다.

오죽하면 "가을 전어 머리엔 깨가 서 말" 난다고 했겠습니까.

전어는 구이 역시 일품입니다.

"전어 굽는 냄새에 집 나간 며느리도 돌아온다"는 말이 나올 정도니까요.

기름은 많지만, 불포화지방산이어서 성인병을 예방하고, 한

방에서는 이뇨와 보위, 정장의 효과까지 강조합니다.

"가을 전어는 며느리 친정 간 사이 문을 걸어 잠그고 먹는다"

는 우스갯말이 이래서 나온 모양입니다.

전어의 이름도 재미있습니다. 말할 때의 음(소리)은 한 가지인

데, 글로 쓸 때는 다양한 한자를 사용합니다.

우선 '錢魚'라는 한자어 표기가 있습니다. '錢'은 '돈'을 뜻합

니다.

서유구는 《임원경제지》에서 "맛이 너무 좋아서 사려는 사람

이 돈을 따지지 않으므로 전어錢魚라고 한다"고 그 유래를 밝

혔습니다.

하지만 다른 해석도 있습니다. 예부터 우리는 둥글고 까만 점

을 돈 무늬로 표현했는데, 실제로 전어의 아가미 부근의 무늬

가 둥글고 까맣기 때문에, '돈고기', '錢魚'라고 불렀다는 겁

니다. 돈 모양으로 둥글게 썰어 말린 호박고지를 돈고지라고

하거나, 동전 무늬가 있는 말을 돈점박이, 표범을 돈범이라고 부른 걸 참조하면 그럴듯하게 들립니다.

그런가 하면 '箭魚'라는 한자어 표기도 있습니다. '箭'은 '화살촉'을 뜻하며 '살'이라고 합니다. 그래서 우리말 '살치'를 '箭魚'라는 한자로 옮겼다고 합니다. 전어의 몸통이 납작하고 유선형으로 생겨서 화살촉을 떠올린 모양입니다. 그럴듯하지 않습니까?

이름이나 뜻, 그 유래를 알고 먹으면 아는 만큼 맛도 배로 즐길 수 있습니다.

오늘 저녁, 전어회에 소주 한잔 어떨까요?

배추
절이기

김치 담그기의 첫 과정은 배추 절이기입니다.

아침부터 배추를 부지런히 다듬어 왕소금을 듬뿍 뿌려놓았는데, 점심을 먹고 나서도 배추가 밭에서 나온 그대로입니다.

소금을 덜 뿌렸나, 너무 억센 배추를 골랐나, 아니면 배추도 삭히지 못할 시퍼런 상처라도 있는 걸까, 해서 점심 먹고 나서 또 한 번, 양념거리 다듬다가 또 한 번, 화장실 오가다가 또 한 번, 골고루 뒤집고 왕소금도 한 주먹씩 더 뿌렸습니다.

그러나 배추는 상처를 확인하듯, 갈수록 뻣뻣이 고개 드는 슬픔처럼, 좀처럼 숨이 죽지 않았습니다.

해가 졌습니다. 왕소금을 한 주먹 쥐고 더 뿌릴까 하다가 멈

칫했습니다. 싱거우면 나중에 간을 더하면 되지만, 짜면 김치 맛을 버리게 됩니다.

배추 잎사귀 하나를 떼어내 한입 베어 물어보았습니다. 배추는 아직 시퍼렇게 날이 선 채 스스로의 결기를 누그러뜨리지 못하고 있었습니다. 순간 그 억센 서걱댐이 왠지 도도한 자존심으로 신선하게 다가왔습니다.

하긴 왕소금 몇 주먹에 바로 숨이 죽어버리면 그건 싱싱한 배추가 아닐 겁니다.

김치의 맛은 숙성에 있고, 숙성은 배추가 변신의 과정을 거쳐 새롭게 태어나는 과정입니다.

마치 사람이 삶의 아픔을 거쳐 어른으로 성숙하듯이 배추도 변신의 아픔을 거듭하면서 김치로 숙성하는 것이지요.

소금 절이기는 배추가 소금이라는 새로운 환경에 적응하기 위해 겪는 첫 번째 변신의 아픔입니다.

시퍼렇게 살아 숨 쉬던 배추가 왕소금을 먹고 새로운 환경에 맞게 변신하려면 숨을 고를 시간이 필요할 것 같습니다.

결국 더 참고 기다리기로 했습니다.

배추가 제 스스로 제 성깔을 죽일 때까지, 제 스스로 편안하

게 길들여질 때까지, 참고 기다리기로 했습니다.

한 건축가의 책에서 다소 뜻밖의 글을 읽은 적이 있습니다.

남향집이 이상적이긴 하지만, 꼭 그렇지만도 않은 것이, 북향
집에도 좋은 점이 있다는 것입니다. 그것은 북향집에서 바라
보는 전망이 남향집의 전망보다 좋기 때문이랍니다.

북향집에서는 남향집의 정면이 보입니다. 햇살이 가득한 아
름다운 정원과 시원스런 창들이 보입니다. 참 따뜻하고 아름
답습니다.

반면에 남향집에서는 남향집의 뒷면, 즉 북쪽과 마주하게 돼
서 전망이 춥고 어둡습니다. 그뿐 아니라 보통 집 뒤에는 보
일러실이나 다용도실, 지저분한 잡동사니를 넣어두는 창고

같은 것들이 자리 잡고 있어서 보기에도 심란하기 그지없습니다.

그러니까 남향집은 그 안에 몸 담고 살기에는 최상이지만 바라보는 전망으로 따지면 별로라는 말이지요. 반대로 북향집은 그 안에 몸 담고 사는 데는 별로지만, 바라보는 전망으로 따지면 최상이라는 거고요.

한강의 남쪽 도로에서 강 건너 북쪽을 바라보면, 햇살을 가득히 맞고 서 있는 남향 아파트의 정면이 보입니다. 따뜻하고 밝아 보입니다. 반대로 한강 북쪽 도로에서 강 건너 남쪽을 바라보세요. 건물이나 아파트의 뒷면이 보입니다. 우중충하고 추워 보입니다.

섬진강에는 강을 가운데 두고 두 갈래 길이 양쪽으로 뻗어 있습니다. 하나는 하동에서 악양을 거쳐 화개로 넘어가는 경상도 길이고, 다른 하나는 광양에서 다압 매화마을을 거쳐 구례로 넘어가는 전라도 길이지요.

경상도 길을 따라가면서 섬진강을 바라다보면 광양 백운산의 뒤쪽, 그러니까 백운산 동북향에 자리한 마을들이 보입니다. 산은 하루 종일 짙은 그늘 속에 갇혀 어두컴컴하고, 그 그늘 속에 들어앉은 집도 사람도 왠지 춥고 쓸쓸해 보입니다. 반면 전라도 길을 따라가면서 섬진강을 바라다보면 지리산 형제봉의 정면, 그러니까 지리산 남향에 자리한 마을들이 보입니다. 늦게까지 햇살이 비치는 양지바른 언덕과 산들, 그리고 바위와 어우러진 소나무와 차나무 사이로 그림같이 예쁘고 아기자기한 산장과 집들이 아름답게 펼쳐져 있습니다. 넉넉하고 따뜻해 보입니다.

건축가의 말이 딱 맞습니다.

집은 현실이고, 전망은 꿈입니다. 현실이 풍요로우면 더 이상 꿈을 꾸지 않습니다. 반면에 현실이 어려우면 그만큼 꿈도 간절해지고 아름다워집니다. 현실이 어렵고 힘들다면, 꿈을 꾸세요.

무청

사라지는 것들이 오히려 더 빛나는 한 해의 저물녘입니다.

초겨울 스산한 바람이 옷깃 속에 스밉니다.

그 곱던 단풍도 바싹 말라 산 빛은 퇴색하고, 텅 빈 들판 위로

새들만이 무리지어 날고 있습니다.

배추와 무가 산처럼 쌓여 있는 채소 시장 한편에서 할머니 한

분이 쭈그리고 앉아 갈퀴 같은 손으로 무청을 엮고 있습니다.

"…… 한 시절 빛나지 않은 것이 무어 있으랴

굽은 어깨 위로 떼 지어 가는 저 바람도

한때는 미치도록 불안고 싶던

설렘이기도 했으려니……"

아무도 돌아보지 않는다고 슬퍼할 일이 아니지요.

시리게 추운 한겨울 처마 밑에서, 모진 겨울 눈바람 맞고, 눈곱만 한 햇살 달게 받아 먹으며, 시래기 우거지로 세월을 기다리겠지요.

그리하여 어느 날엔가 문득 그리움으로, 청청한 눈빛으로, 잊힌 옛사랑으로, 그렇게 다시 살아나 우리 식탁에 오를 것임을 알기 때문입니다.

자장면에 얹은 달걀이
사라진 까닭은

자장면 한 그릇이 외식의 전부였던 시절이 있었습니다.

교실에서 자장면 한 그릇 먹었다는 것이 큰 자랑이고 큰 인기였던 시절의 이야기입니다.

자장면 한 그릇을 앞에 두고 입학도 축하하고 졸업도 축하했지요. 사랑을 나누고 이별의 눈물을 흘릴 때도 연인들 앞에는 자장면 한 그릇이 놓여 있었지요. 군 입대를 앞둔 송별식 날도, 이삿짐 다 풀고 나서도, 으레 자장면 한 그릇으로 위로를 나누곤 했습니다.

지금은 외식문화란 말이 생길 만큼 한 집 건너 음식점이 즐비합니다. 먹을거리도 다양화, 전문화, 고급화되었습니다. 기업처럼 전국 체인점을 갖고 웬만한 기업 뺨치는 매출을 올리기도 합니다. 다국적 체인망을 갖춘 세계적인 외식 브랜드도 많아졌습니다. 가히 외식산업의 시대라 할 만합니다.

조지 오웰은 인간의 역사를 음식의 역사라고 말할 만큼 음식을 중요시했습니다.

내 개인적인 생각으론 섭생의 변화가 왕조, 심지어 종교의 변화보다 더 중요하다고 말해도 지나치지 않을 것 같습니다. 그런데도 음식의 중요성이 정당하게 평가되지 않는 건 희한한 노릇입니다. 정치인, 시인, 주교의 동상은 곳곳에 서 있지만 요리사나 베이컨 숙성 전문가, 채소 재배 농부의 동상은 좀처럼 찾아볼 수 없으니 말입니다."

— 조지 오웰, 《위건 부두로 가는 길》

하지만 세태가 달라져 요즘은 음식이 문화의 중요한 아이콘으로 부각되었습니다. 신문, 방송, 잡지, 인터넷 사이트 가리지 않고 음식과 관련한 기사가 어디나 넘쳐납니다.

TV 개그 프로그램에서는 대식이 유행이 된 미래에 초점을 맞춰, 다이어트에 목숨 건 지금의 시대를 패러디한 개그가 인기를 끌기도 했습니다.

한 인터넷 사이트에서는 30년 이상 중국음식점에서 일해온 한 주방장이 자장면 위에 얹어주던 달걀 프라이가 왜 사라졌는지를 '경제성장론'으로 설명해서 주목을 끌었습니다.

"1970년대까지만 해도 달걀은 고급 음식이라 자장면에 올려주면 인기가 많았습니다. 그러나 1980년대 초 먹을거리 수준이 높아지면서 달걀을 먹지 않는 손님들이 늘었고, 결국 달걀은 자취를 감추게 된 것입니다."

그런가 하면 '고스통합 자장면계란회복 전국민운동본부'라는 카페도 있습니다. 계란을 올린 자장면집과 계란이 없는 자장면집 게시판을 따로 만들기도 하고, 자장면에 달걀을 얹어달라는 달걀회복운동까지 벌이고 있더군요.

요즘도 시골 장날이면 미장원에서 염색한 머리를 라면처럼 달달 볶은 할머니들이 자장면을 한 그릇씩 앞에 놓고 달게 먹는 걸 가끔 볼 수 있습니다. 돌아가신 어머님 생각이 난다면서, 주인장은 달걀 프라이에 오이까지 채 썰어 올려줍니다.

자장면 한 그릇에 효도하는 인정을 담을 수 있는 그런 고향이 그립습니다.

음식으로도 시대와 역사가 읽힙니다.

앞으로는 어떤 음식이 어떤 세태를 반영하면서 역사를 이끌어갈지 흥미롭습니다.

먹는 물 한 컵,
버리는 물 한 바가지

무심코 수도꼭지를 틀고 컵에 물을 받습니다. 이 물은 어디서부터 온 걸까요? 아득히 먼 물길을 거슬러 올라가봅니다.

수도꼭지에 연결된 수도관은 벽을 타고, 혹은 땅 밑으로 해서 동네 상수도관으로 연결됩니다. 동네 상수도관은 도시의 거대한 상수도로 연결되고, 그것은 저수지의 정화 시설로, 저수지 물은 거슬러 거슬러 백두대간의 상수원에 닿습니다.

이번엔 화장실 변기에 앉아 물을 내립니다. 이 물은 관을 통해 정화조로 들어가고, 정화조 물은 정화되어 하수구를 통해 동네 하수관으로 연결됩니다. 그리고 동네 하수관은 도시의 하수관을 지나, 도시의 거대한 정화조로 들어갑니다. 여기서 다시 정화 과정을 거쳐 이번엔 강으로 흘러들고, 강물은 흘러 흘러 마침내 바다에 닿겠죠.

눈에 보이는 건 수도꼭지와 변기뿐입니다. 그러나 이건 껍데기고 결과물에 불과합니다. 그 뒤에 숨어 있는 보이지 않는 산과 바다가 사실은 진짜 알맹이고 근원입니다.

그런데도 자꾸만 수도꼭지와 변기만 바라봅니다. 아름답고 편리하고 깨끗한 껍데기와 결과물에만 집착합니다. 그 뒤에 가려진 알맹이나 근원은 못 보는 건지, 아님 짐짓 못 보는 척하는 건지 모를 일입니다. 알맹이나 근원이 하루만, 아니 한두 시간만 막혀도, 순식간에 껍데기와 결과물은 불편해지고 지저분한 오물로 더럽혀질 텐데도 말입니다.

성철 스님이 달을 가리키면서, 달을 가리키는 손가락을 보지 말고, 손가락이 가리키는 달을 보라고 한 말이 생각납니다.

집을 수리하면서 먹는 물 한 컵, 버리는 물 한 바가지, 다 겁나고 소중한 것임을 깨달았습니다.

나도 가끔은 누군가를 미치게 한다

취미가 도를 넘어 중독의 수준이 된, 별난 사람들이 있습니다. 자신이 응원하는 팀의 경기를 보러 전국 아니 세계를 쫓아다니는 스포츠광, 낚시에 미친 낚시광, 지구를 몇 바퀴나 돌고 도는 여행광……. 그런가 하면 뭔가 한 가지만 죽어라 모으는 수집광, 종교에 빠져 가족도 재산도 다 날려버린 광신도들, 쇼핑이나 다이어트, 심지어 성형에 중독된 사람들…….

그런데 말입니다, 이들은 자기가 좋아서 하는 거니까 '또라이'로 낙인 찍혀도 상관이 없습니다. 그렇지만 그런 사람과 함께 사는 배우자는 무슨 죕니까? 같이 산다는 이유만으로 미쳐야 하니 말입니다.

오래전에 본 영화 〈날 미치게 하는 남자〉는 일에 미친 여자와 야구에 미친 남자가 티격태격하면서 사랑을 이루어가는 로맨틱 코미디입니다.

어떻게 아버지의 저런 괴상한 머리 꼴을 보고 참을 수 있냐는 딸(여주인공)의 질문에 그 어머니가 말합니다.

"내가 폐경기 때 좀 짜증이 심했냐? 그 짜증을 네 아버지가 다 받아주었거든."

상대방의 고약한 단점 하나 때문에 그 사람의 다른 좋은 점까지 부정하거나 인간성 전체를 싸잡아 매도하면서 사랑까지 포기하는 건 속 좁고 경솔한 짓이다, 단점을 장점으로 감싸 안아라, 이런 결론과 함께 영화는 로맨틱 코미디답게 해피엔딩으로 끝납니다.

하지만 영화가 아닌 현실에서도 이런 것이 가능할까요?

놀랍게도 그런 사람들이 있습니다. 도저히 이해할 수 없는 배우자의 취미를 긍정적으로 받아들이는 법을 터득한 이들이 분명 있습니다.

한 야구광의 부인이 초탈하게 웃으며 이렇게 말합니다.

"밖에 나가서 딴짓하는 것보다는 낫잖아요? 그거 하나 빼고는 나무랄 데가 없는 양반이거든요."

그런가 하면 인형 옷만 수집하는 아내를 둔 남편은 덤덤하게 웃습니다.

"엉뚱한 데 돈을 쓸 바엔 그런 취미라도 갖는 게 어딥니까? 나도 가끔은 아내를 미치게 만들거든요."

똑같이 미침으로써 상대를 긍정적으로 이해하고 받아들일 수 있었나 봅니다.

이런 것이 사랑에 도통하는 과정인지도 모르겠습니다.

그 사랑이 참으로 눈물겹습니다.

서재를 새로 꾸몄습니다.

잣나무 널판으로 책꽂이를 새로 짜 맞춰 넣고, 책상 위치도 바꿔보았습니다. 컴퓨터 책상도 하나 새로 마련했습니다. 오래 묵은 소나무 널판으로 된 책상입니다.

생각할수록 이 소나무 책상과 나와의 인연이 기가 막힙니다.

서울에서도 예 간다 제 간다 하는 명문가의 집이 하나 있었습니다. 지금도 성씨만 대면 알 만한 사람은 다 아는 그런 유명한 집안입니다. 그 집은 대지만도 엄청 넓은 데다가, 그 안에 고래등 같은 기와집이 몇 채나 들어 있는지 모를 만큼 대궐같이 큰 저택입니다. 그 앞을 지나치는 사람치고 한번쯤 그 아방궁 같은 집 안을 기웃거리지 않은 이가 없을 정도였지요.

나 역시 발꿈치를 들고 담장 안을 넘겨다보면서 저런 대궐 같

은 집에서 사는 사람들은 얼마나 행복할까 부러워했던 적이

한두 번이 아닙니다.

그러던 그 집의 대들보가 내 책상이 되어 지금 바로 내 눈앞

에 있으니 얼마나 기가 막히겠습니까.

이 절묘한 인연을 맺어준 사람은 다름 아닌 우리 집을 수리해

준 목수입니다.

그 목수가 그 명문가의 집을 수리하게 된 것이 첫 번째 인연

이요, 그 집 중심을 받치던 아름드리 대들보를 새 나무로 교

체하고 나서 못쓰게 된 대들보를 얻어오게 된 것이 두 번째

인연이요, 우리 집 서재를 꾸미면서 그 대들보를 판재로 켜서

책상으로 사용하게 해준 것이 세 번째 인연이지요.

얼마나 대패질을 많이 했던지 책상 마구리를 만져보면 마치

초칠을 한 듯 매끈매끈합니다.

그 집을 지은 게 1920년대 초라니까, 그 전에 나무를 베었다고 치면 나무를 벤 지가 지금으로부터 아무리 못해도 90년은 되었을 겁니다. 또 아름드리 대들보가 되려면 적어도 200여 년은 산에서 자라야 했을 테니, 그 나무로 치면 살아서 200년 죽어서 100년이 되는 세월을 버틴 셈입니다. 생각할수록 그 세월이 참으로 아득하기만 합니다.

그런데 지금도 책상은 갓 벌목해온 것처럼 송진 냄새가 진동을 합니다. 손끝에서 송진 덩어리가 뭉쳐질 것만 같습니다.

조용히 책상에 귀를 갖다 대고 말을 걸어봅니다.

당신은 어느 영혼으로부터 왔나요?

우리 어디선가 만난 적이 있지요?

소고기육개장라면

이번 설 연휴는 차례 음식에서 시작해서 영화 〈식객〉에 이르기까지, 음식에서 시작해 음식으로 끝난, 음식 연휴였습니다.

알다시피 〈식객〉은 허영만의 만화로 더 유명한 작품입니다. 음식 영화가 드문 우리 영화 풍토에서, 그나마 이야기가 잘 짜인 음식 영화가 나왔다는 것만으로도 주목받을 만합니다.

영화는 '대령숙수의 칼'을 누가 차지하느냐를 놓고 벌이는 요리경연대회가 중심입니다.

비록 그림의 떡이긴 하지만 화면을 가득가득 채워주는 화려한 볼거리만으로도 배가 부릅니다. 황복으로부터 시작해 민어, 도미, 숭어까지, 또 꿩과 닭에서 시작해 모든 음식의 지존인 소고기까지, 아롱사태, 차돌박이, 꾸리살, 산적, 누름적 등 듣도 보도 못한 온갖 소고기 요리들이 눈을 즐겁게 합니다. 침이 꼴깍꼴깍 넘어갑니다. 연휴 내내 먹고 설거지하고 먹고 설거지하고 하루 종일 먹었건만, 입맛은 지치지도 않나 봅니다.

마지막으로 결승에 오른 두 사람, 성찬과 봉주는 '소고기탕'을 놓고 막상막하의 치열한 결전을 벌입니다.

국권을 빼앗긴 뒤 순종은 "나라를 잃고 어찌 음식을 취하겠느냐"며 식음을 전폐했으나, 평소에 순종께서 아끼던 대령숙수가 정성을 다해 소고기탕을 끓여서 올리자, 그 탕을 먹으며 내내 눈물을 흘렸다고 합니다. 과연 그 맛이 어떠했기에 식음을 전폐하던 임금이 울면서까지 먹었을까요? 그 탕의 이름은, 임금만이 아는 '비밀스럽게 전해져 내려오는 탕'이라 하여, '비전지탕'이라고 부른답니다.

결승을 앞두고 봉주는 우연히 할아버지가 깊숙이 감추어둔 두루마리 하나를 찾아냅니다. 그리고 그 두루마리에 적힌 요리법에 따라 탕을 만듭니다. 그러나 알고 보니 그 탕은 일본식 탕이었습니다.

일제는 내선일체를 앞세우며 조선의 마지막 대령숙수에게 일본식 탕을 만들라고 강요하면서 이 탕의 요리법이 적힌 두루마리를 내밉니다. 대령숙수는 단번에 이를 거절합니다. 하지만 대령숙수의 제자였던 봉주의 할아버지는 스승을 배신하고 일본식 탕을 만들어 바치고 그 공로로 대령숙수로 인정받아 승승장구합니다. 해방이 되자 봉주 할아버지는 남몰래 이 두루마리를 꼭꼭 숨겨둡니다. 그런데 그만 봉주가 이 두루마리를 훔쳐내 요리를 만드는 바람에 할아버지의 친일 행각까지 들통 나고 만 것입니다.

반면에 성찬의 소고기탕은, 시장 뒷골목 국밥집에서 흔히 맛볼 수 있는, 길거리에 솥단지를 걸어놓고 팔던 바로 그 육개장이었습니다. 소고기 썰고, 토란대와 고사리를 함께 넣고,

고추기름으로 달달 볶다가 국물을 붓고 푹 끓인 그 매콤한 육개장이야말로 대령숙수가 만든 탕이요, 순종이 울면서 먹던 그 탕이었습니다.

순종은 육개장을 먹으면서 고사리 같은 민중을 생각하고, 토란대같이 꺾이지 않는 우리 민족의 지조와 매운 고추기름같이 강한 우리 민족의 기개를 떠올리며 눈물을 흘렸던 것입니다.

사필귀정, 봉주는 몰락하고 성찬은 대령숙수의 칼을 차지합니다. 짝짝짝!

영화가 끝나고 나자 칼칼한 뭔가가 자꾸 입맛을 당깁니다. 그래! 바로 그 맛이야!

하지만 부엌 여기저기를 아무리 뒤져봐도 보이지 않았습니다. 우리 마을엔 슈퍼가 없어 할 수 없이 옆 마을까지 가야 했습니다. 걸어서 왕복 40분이 걸려서야, 그렇게나 간절히 먹고 싶던 그 '비전지탕'을 겨우 먹을 수 있었습니다.

그 '비전지탕'의 이름은 다름 아닌 '소고기육개장라면'이었습니다. 모든 음식의 지존인 소고기에, 순종의 눈물을 쏙 빼놓은 육개장에, 모든 솔로들의 영원한 음식 친구인 라면. 이름하여 '소고기육개장라면'이, 바로 설 연휴 마지막을 화려하게 장식한 화룡점정이었던 셈이지요.

프라하에 갔을 때 일입니다.

번화가는 물론이고 뒷골목을 여기저기 기웃거려봐도 서점이 보이지 않았습니다.

간판이 없는 곳도 많고, 간판이 있어도 아주 작아서 잘 보이지 않기 때문이기도 합니다. 그래서 눈을 크게 뜨고 쇼윈도 안을 찬찬히 들여다보며 유심히 찾아보았습니다.

그제야 서점이 하나 둘 눈에 띄었습니다. 그것도 아주 상당히 많았습니다.

그런데 이상한 것은 모든 서점의 쇼윈도마다 아주 오래되고 낡은 옛날 책들이 진열되어 있는 것입니다. 아마도 체코의 경제 사정이 나빠서, 새 책보다 헌책을 사고파는 헌책방이 많은 모양이구나, 나는 그렇게 혼자 지레짐작했습니다. 헌책방이라도 책방은 책방이니 구경이나 하고 가야겠다 싶어 일단 안으로 들어가보았습니다.

그런데 이게 웬일입니까. 밖에서 볼 때와는 딴판으로 실내는 아주 환하고 널찍했고, 현대식으로 세련되게 꾸며져 있었습니다. 실내에서는 클래식 음악이 잔잔하게 흘러나오고 있었고, 제법 많은 젊은이들이 북적대고 있었습니다. 젊은이들은 서가 주변 여기저기에 자유롭게 흩어져 저마다 편안하게 앉아 책을 읽고 있었습니다. 대학생인 듯한 남학생은 벽에 비스듬히 기대앉아 거의 누운 듯한 자세로 독서 삼매경에 빠졌는가 하면, 연인처럼 보이는 두 남녀는 서로 허리를 감싸 안고 머리를 맞댄 채 열심히 책을 들여다보더군요.

그런데 천천히 서가를 돌면서 책들을 훑어보니 놀랍게도 모두 다 하나같이 새 책들뿐이었습니다.

알고 보니 헌책방이 아닌 새 책을 사고파는 서점이었습니다.
이 서점만이 아니라 프라하의 서점들이 다 겉보기에만 헌책
방처럼 보일 뿐, 실제는 모두 새 책을 파는 서점이었습니다.
프라하의 서점들은 가장 오래된 희귀본을 쇼윈도에 진열하는
걸 프라이드로 여기고 자랑스러운 전통으로 이어가고 있었습
니다. 이 때문에 헌책방으로 오인한 것이지요.
우리나라의 서점들은 금방 나온 따끈따끈한 최신간을 진열대
에 내놓고 자랑하는 데 반해 프라하의 서점들은 가장 오래된
희귀본을 진열대에 내놓고 자랑하고 있었던 것입니다. 반짝
이는 새 것만 좋은 게 아니라는 걸 프라하의 서점에서 배웠습
니다.

허물어질 걸 알면서도
집을 짓고

집 근처 개천가 둔덕에 큰 포클레인 서너 대가 요란한 굉음을 내면서 정지 작업을 서두르고 있었습니다. 동네 사람들 말에 따르면 그 땅에 곧 고층건물이 들어설 거라고 합니다.

몇 해 전 겨울이었습니다.

그 개천가 둔덕에 자그마한 집 하나가 들어섰습니다. 뚝딱뚝딱하는 망치 소리를 들었는가 싶었는데 며칠도 안 돼 얼기설기 지은 판잣집 하나가 떡하니 들어선 것이었습니다.

그 판잣집에는 젖먹이 하나를 둔 젊은 부부가 살고 있었습니다.

어느덧 판잣집 비닐 창문을 비추는 봄볕은 차츰차츰 뜨거워지고, 꽃 그림자는 점점 더 짙어져갔습니다. 하루건너 이틀이 멀다 하고 봄비가 자작자작 내렸습니다.

남편은 일하러 나갔다가 돌아올 때마다 각목이며 합판 조각을 주워다가 비가 들이치는 처마를 잇거나 지붕을 수리하곤 했습니다.

젊은 아내는 집 주위에 남새밭을 일구고 푸성귀를 심었습니다.

어느새 무더운 여름이 왔습니다.

"비 한번 억수루 와뿌면 다 물에 잠길 낀데, 우짜겠노?"

동네 사람들은 오며 가며 혀를 끌끌 찼습니다.

아니나 다를까. 폭우가 쏟아지자 산에서 계곡물이 빠르게 흘러내렸고, 개천은 눈 깜짝할 새에 성난 물결로 범람하고 말았습니다.

며칠 뒤였습니다.

하늘은 무심한 듯 빛나고, 물이 다 빠지고 난 개천은 언제 그랬냐는 듯 재잘재잘 흘러갔습니다.

그런데 이게 웬일입니까. 개천가 둔덕에 서 있던 판잣집이 흔적도 없이 사라져버린 겁니다. 젊은 아내가 심어놓은 푸성귀는 여기저기 너부러지고 물살에 이리저리 흩어져버렸습니다. 무심한 개천 너머로 울며 보채던 아기 울음소리가 환청처럼 들려왔습니다.

오늘 포클레인 굉음이 요란한 개천가 둔덕을 지나며, 이 땅 어디선가 판잣집 지붕을 잇고 있을 집 없는 사람들을 생각합니다.

우리는 오늘도 허물어질 걸 알면서도 집을 짓고, 떠날 걸 알면서도 한 그루의 꽃나무를 심으며 살아갑니다.

프라하는 고딕, 바로크, 아르누보, 큐비즘에 이르기까지 모든 건축적 이벤트들로 가득 차 있는, 건축 전시장이자 건축의 도시입니다. 구시가지 전체가 유네스코 세계문화유산이기도 합니다. 함부로 옛 건물을 부술 수도 없거니와 맘대로 새 건물을 지을 수도 없습니다.

그러다 보니 프라하는 관광으로 먹고살 수밖에 없습니다. 그런데 관광객을 위해서는 서비스 부문을 충족시켜야만 합니다. 동시에 고전적으로 고정된 이 도시의 얼굴에 번쩍이는 현대의 얼굴을 첨가하고 싶어 하는 외부로부터의 강요된 변화에도 부응해야만 합니다.

프라하는 고민했습니다. 이 도시가 지닌 고전성을 해치지 않으면서도 현대적인 요구에 부응할 방법은 과연 뭘까?

고심 끝에 프라하가 택한 것이 두 가지였습니다. 하나는 기존의 풍경을 모두 받아들이는 유리고, 또 다른 하나는 비교적 쉽게 변화를 꾀할 수 있는 데커레이션이었습니다. 유리와 데커레이션만으로 프라하는 고전적 도시이면서 동시에 현대적 관광의 도시로 거듭날 수 있었습니다.

현대란 무엇일까요? '유리와 데커레이션' 같은 건 아닐까요? 벨기에 태생의 프랑스 작가 마르그리트 유르스나르는 "현대란 아무런 의미도 없다. 칼을 잡을 때 칼날을 잡았다가 손잡이를 잡았다가 하는 것과 같다"고 했습니다. '현대'란 단지 과거를 약간 변용한 것에 불과하다는 것이죠.

하지만 사람들은 '현대'를 최고의 가치로 떠받듭니다. 과도하게 집착한 나머지 과거를 완전히 지우고 무에서 유를 창조하듯이 새롭게 현대를 창조할 수 있다는 착각에 빠집니다.

그래서일까요? 서울 도심지의 옛 건물과 길들이 사라지고 있습니다. 불원간 피맛골도 없어질 모양입니다.

피맛골은 조선 시대 서민들이 '말을 피해 다니던 길'이란 말에서 유래한 골목길입니다. 말을 탄 고관들의 행차가 지나갈 때면, 백성들은 행차가 다 끝날 때까지 길바닥에 엎드려 있어야 했지요. 하루에도 몇 번씩 이런 번거로움을 당하다 보니 서민들은 아예 큰길을 피해 좁은 골목길로 다니는 습속이 생긴 것이지요.

골목에는 서민들이 애용하는 길답게 선술집, 국밥집, 색주가 등이 번창했지요. 지금도 해장국, 생선구이, 낙지볶음, 빈대떡 등 식당과 술집이 즐비합니다.

둘이 나란히 걷기엔 빠듯하게 좁고, 앞뒤 고층건물 사이에 끼어서 터널 속처럼 어둡지만, 골목 안은 저녁만 되면 마술처럼 변신을 합니다. 순식간에 대낮같이 밝아지고 사람들로 터질 듯 붐빕니다. 온갖 음식 냄새와 왁자지껄한 사람들의 웃음소리로 생동감이 넘치는 번화가로 돌변하는 것이지요.

피맛골에서 나와 한참 걷다 보니 어느새 프라하의 좁고 어두운 골목길로 들어섭니다. 심하게 고불고불한 골목길을 따라가는데 저 앞에 프란츠 카프카가 걸어오고 있군요. 카프카를 만나고 돌아오는 길이 다시 피맛골로 이어집니다. 선술집 안에서는 술 한잔에 용기백배한 서민 하나가 탐관오리 성토에 열을 올리고 있네요. 그의 건방진 욕지거리 한마디에 가슴이 뻥 뚫리게 시원하다면서 사람들이 박장대소하며 열광을 합니다.

도로를 넓히고 건물을 새로 지으면 다 현대 도시가 되는 건 아니지요. 역사는 오늘이라는 현실과 따로 떨어진 게 아니라 한 몸처럼 붙어 있습니다. 역사가 곧 현실이라는 말이지요.

어머니 자궁 속처럼 편안하던 피맛골이 없어지면 퇴근길이 얼마나 쓸쓸할까요? 소주 한잔에 목을 축이며 현실의 서글픔과 고단함을 달래던, 수많은 서민들의 발길은 이제 어디로 향해야 할까요? 얼마나 더 방황하며 헤매야 할까요?

남대문의
아름다움

1974년에 발표한 박완서의 단편 〈부끄러움을 가르칩니다〉에
는 남대문의 이미지가 등장합니다.

주인공은 6·25 전쟁 때 피난을 떠나면서 마지막으로 남대문
을 돌아봅니다. 가늘게 흩날리는 눈발 속에 거대하고 준엄하
게 서 있던 남대문의 위용과, 하얀 눈이 기왓골과 등에 살짝
쌓여서 기와의 선이 마치 화선지에 먹물로 그은 것처럼 부드
럽게 번져 보이던 정다운 모습들, 이 모습은 피난지에서 보낸
굶주림과 핍박한 생활을 잊을 수 있을 만큼 절대적인 아름다
움 그 자체였습니다. 말하자면 남대문의 아름다움이야말로
우리가 어떤 경우라도 마지막으로 지켜야 할 유일한 삶의 진

정성 같은 거라고 웅변하고 있다고나 할까요?

아무리 가난에 상처받을지라도, 눈 내리는 남대문의 아름다운 모습과 같은, 그러한 진정한 삶의 가치만은 잊지 말라고 소설은 힘주어 말합니다.

남대문이 불탄 뒤 박완서는 《현대문학》에 "남대문을 불태운 건 경제제일주의"라고 꾸짖는 산문을 실었습니다. 이른바 6·25 세대에게 남대문은 단순한 건축물이 아닙니다. 모든 것이 파괴된 폐허 속에서 혼자 말짱하게 우뚝 살아남은 남대문은 더럽혀지지 않은 영혼의 상징이요, 정신적 지주요, 가치였던 것입니다. 더욱이 전쟁이 끝난 후 가난에서 벗어나겠다는 일념으로 오직 돈만 좇으며 인간으로서의 가치를 헌신짝처럼 버리고 살아온 세대들이기에, 남대문은 이 속된 현실과 다른 일종의 종교적 상징처럼 여겨졌는지도 모릅니다. 그런 남대문이 불탔으니 그 상실감이 오죽했겠습니까.

오늘따라 불타버린 남대문이 유난히 그립습니다.

재즈를 좋아하냐 뽕짝을 좋아하냐의 문제는 단지 음악에 대한 취향일 뿐입니다. 그런데 왠지 재즈를 좋아한다고 하면 어딘가 있어 보입니다. 주로 음악 전문가나 마니아들이 좋아한다는 이유로 재즈가 더 수준이 높다고 생각하는 경향이 있습니다. 반면에 뽕짝은 대중적으로 흔하고 쉽기 때문인지 재즈보다 수준이 낮다는 선입견이 깔려 있습니다. 같은 음악인데도 재즈와 뽕짝 사이에 금이 그어지고 모종의 위계가 형성된 건 아마 보이지 않는 이유 때문이 아닌가 싶습니다.

하지만 뽕짝도 누가 부르느냐에 따라 계급이 달라질 때가 있습니다. 언젠가 TV에서 김수환 추기경이 김수희의 〈애모〉를 부른 뒤, 〈애모〉는 사회 저명인사들이 즐겨 부르는 '명곡'의 반열에 올랐습니다. 유명한 사람이 부르면 덩달아 노래의 지위도 유명세를 따라 같이 높아지는 모양입니다.

취향 역시 현실이라는 계급사회에 들어오면 어쩔 수 없나 봅니다. 직장에선 상하로, 군대에선 계급으로, 집안에선 장유유서로, 학교에선 사제와 선후배로…… 수직적 상하계급으로 취향이 바뀌니 말입니다.

윗사람이 좋아하는 골프를 아랫사람은 싫어한다고 말하지 못합니다. 윗사람이 권하는 양주를 아랫사람은 거절하지 못합니다. 반면에 윗사람은 아랫사람의 취향을 비웃고 무시하고 거절할 수 있습니다. 아랫사람이 보고 있는 TV 프로그램을 자기 맘대로 다른 프로그램으로 바꾸어도 아랫사람은 아무 말도 하지 못하고 그냥 참아야 합니다.

어떤 부부들은 좋아하는 색깔과 계절을 놓고 옥신각신 다투기도 하고, 좋아하는 배우나 가수, TV 프로그램을 놓고 왜 똑같이 좋아하지 않느냐고 싸우기도 합니다. 〈개그 콘서트〉를 보다가 같이 안 웃는다고 화를 내는가 하면, 상대방의 취향을 저속하다 천박하다 저질이라며 비웃고 욕합니다. 결국 큰 부부싸움으로 번져 끝내 남남이 된 부부도 있습니다. 웃음의 코드가 어긋나도 이혼의 사유가 되기도 합니다.

취향은 그냥 취향일 뿐입니다. 그 이상도 그 이하도 아닙니다. 취향으로 그 사람의 옳고 그름, 고상함과 저속함, 높고 낮음으로 우열과 계급을 가르는 것 역시 하나의 폭력입니다.

우리가 진짜 경멸할 세상은 강자가 좋아하는 토끼고기를 약자가 싫어한다고 말하지 못하는 그런 세상입니다. 강자가 웃는다고 약자까지 같이 따라 웃어야 하는 그런 세상입니다.

타인의 취향으로 우열과 계급을 나누어 판단하는 세상을 맘껏 비웃어주고 싶을 뿐입니다.

눈 뜬 장님,

해   태

'강쟁이 다리쟁이'는 아이들이 편을 갈라 시냇가에서 한편은 모랫둑을 만들고 한편은 자갈과 나뭇조각으로 다리를 놓은 후, 둑을 터뜨려서 다리가 무너지는가 아닌가에 따라 승부를 가름하는 물놀이입니다.

1983년이었습니다. 경남 창녕군 영산마을에서는 나는 새도 떨어뜨린다는 한 세도가가 나랏돈 수십억 원으로 수천 평 땅에다가 조상의 공덕비를 세우고 성역화 작업을 벌였습니다. 주민의 원성이 하늘을 찌르자 정부는 성난 주민을 달래기 위해 둑을 쌓아 저수지를 만들어주었습니다.

그러나 그 다음해인 1984년 7월 초 폭우가 쏟아졌습니다. 부실 날림공사로 지은 둑은 힘없이 무너졌고, 그 바람에 마을 전체가 물에 잠기고 말았습니다.

분노한 주민들은 천재지변이라고 강변하는 관계 당국을 상대로 피해보상운동을 벌였습니다.

그 와중에 이 〈강쟁이 다리쟁이〉 마당극이 공연된 것입니다.

아직 해결도 되지 않고, 세상에 보도조차 되지 않은, 한 농촌의 수재 피해 사건을, 시의 적절하게 사회문제화함으로써 피해보상운동에 동참한 이 마당극은 참으로 주목할 만합니다.

그 후 지금까지도 해마다 둑이 무너져 여기저기 마을 전체가 물에 잠기는 인재가 변함없이 반복되고 있지만, 그때와 다른 점이 있다면 그때는 이런 사회 현실을 풍자하고 문제화한 문화가 있었는 데 반해 지금은 사라지고 없다는 사실일 겁니다.

진주 남강에 등꽃이 활짝 피었습니다.

김시민 장군이 3천 병력으로 2만 왜군을 대파한 '진주대첩'에서 유래한 유등축제가 한창입니다.

진주성의 안과 밖을 연결하는 군사 신호로, 왜군이 남강을 건너지 못하게 막는 군사 전술로, 성 밖 가족들과의 통신 수단으로, 여기에 12만 왜군에 의해 진주성이 함락되었을 때 순절한 7만 병사와 진주 시민의 얼과 넋을 기리는 의미까지 더해져, 뜻 깊은 행사로 자리 잡은 지 오래입니다.

진주시 전체가 까만 밤하늘에 보석처럼 박혀서 반짝반짝 빛납니다.

촉석루와 진주성은 화려한 조명의 옷을 갈아입고 한껏 그 위용을 뽐냅니다. 남강의 은빛 물결 위에 올려놓은 진주교와 천수교는 난간과 교각마다 형용색색의 등불로 수를 놓았습니다. 그 사이로 두 개의 부표교가 강물 위에 떠서 취한 듯 흔들립니다. 사람들의 물결이 산과 바다를 이루며 이리저리 밀려다닙니다. 유등이 꽉 들어찬 도심은 대낮같이 환하고, 수줍게 물든 사람들의 얼굴은 하나같이 아름답습니다.

그런데 유난히 낯익은 얼굴들이 보입니다. 우리 전래동화의 주인공들이 한자리에 모여서 이야기꽃을 피우느라 한창입니다. 우렁각시, 견우와 직녀, 혹부리영감, 해와 달이 된 오누이, 콩쥐팥쥐, 금도끼 은도끼, 흥부놀부, 토끼와 거북이……. 아이들은 아는 체하며 반기고, 어른들도 덩달아 즐거워합니다.

그런가 하면 수만 개가 넘는 소망등이 성벽을 쌓은 것처럼 강변을 따라 죽 늘어서 있습니다. 붉은색과 푸른색이 어우러진 청사초롱의 긴 행렬은 가히 장관입니다. 강물에 어린 등 행렬까지 더해져 눈이 부십니다. 홀린 듯 어지럽고 몽롱합니다. 가까이 다가가니 소망등에 매달린 흰 쪽지들이 미풍에 살랑살랑 나부낍니다. 여덟 가지 소망을 모아 인쇄한 쪽지들이 저마다 기도하듯 바람소리를 내고 있습니다.

사업의 번창을 빕니다. 회사 발전을 빕니다. 가정의 행복을 빕니다. 변치 않는 사랑을 빕니다. 부모님의 건강을 빕니다. 합격을 빕니다. 국태민안을 빕니다. 진주성 충혼을 기립니다. 남강에 띄운 내 소망등은 지금 어디쯤 흘러가고 있을까요?

진실의 얼굴

김재규 전 중앙정보부장이 유신의 심장을 총으로 쏜 뒤, 영원할 것 같던 박정희 시대는 거짓말처럼 막을 내리고 말았습니다. 역사는 1972년 10월 유신 이후 박정희가 죽을 때까지 긴급조치와 비상계엄이 지배하던 시기를 유신독재 시대라고 부릅니다.

그 당시 경찰은 가위를 들고 거리를 지나는 남성들의 긴 머리를 잘랐고, 줄자를 들고 여성들의 스커트 길이를 재기도 했습니다.

〈이루어질 수 없는 사랑〉이란 노래는 "왜 사랑이 이루어질 수 없냐?"는 이유로 금지곡이 되었고, 〈0시의 이별〉은 "왜 하필

통행금지 시간에 이별을 하냐?"는 이유로 금지곡이 되었습니다.

수유리에서 살던 김민기는 집에서 가까운 4·19묘역에 자주 놀러가곤 했는데, 어느 날 묘지에서 떠오르는 붉은 태양을 보고 〈아침 이슬〉이란 노래를 지었습니다만, "왜 하필 묘지냐?" "왜 붉은 태양이냐?"는 이유로 〈아침 이슬〉은 금지곡이 되었습니다.

눈과 귀, 그리고 입까지 막고 살아야 했던 공포와 암흑의 시대였기에, 유난히 '~카더라'는 유비통신이 대유행이기도 했습니다.

그렇게 수십 년 동안 소문으로만 나돌던 수많은 유비통신들이 30여 년이 지나 하나씩 둘씩 진실의 얼굴로 우리 앞에 다가왔습니다.

김대중 납치사건을 박정희가 지시했거나 최소한 알고 암묵적으로 지지했다는 조사 발표가 나왔습니다. 또 인혁당 사건이

중앙정보부에서 조작한 것이라며 무죄 선고와 함께 여덟 명의 희생자들에게 국가가 245억 원을 배상하라는 판결도 나왔습니다. 언론 대학살이라 불리던 동아일보 광고 사태와 기자 대량해고 사건 역시 유신정권에 굴복한 신문사 사주가 저지른 사건임이 밝혀졌습니다.

앞으로 더 많은 억울한 죽음과 사건들이 소문의 집에서 걸어 나와 햇빛 아래 진실의 얼굴을 보여주었으면 좋겠습니다.

진실은 아무리 시간이 걸려도 언젠가는 반드시 밝혀지는 법이니까요.

'해태' 하면 사람들은 제일 먼저 '프로야구'와 '과자 상표'를 떠올립니다.

진짜 해태의 의미는 새까맣게 잊어버리기 일쑤입니다.

절에 가면 저승을 그린 그림 속에서 염라대왕이 머리에 해태관이라는 특이한 관을 쓰고 있는 걸 볼 수 있습니다.

원래 해태란 사람 마음의 곧고 굽음을 감별하는 특별한 능력을 가진 짐승이라고 합니다. 그래서 이를 상징화하여 법관의 관으로 삼은 것이지요.

대원군이 경복궁을 재건하고 그 정문인 광화문 양옆에 해태상을 앉힌 것도, 뱃속 검고 마음 굽은 고약한 놈은 아예 궁 안에 얼씬도 말란 의도였습니다.

그러나 날이 갈수록 본래의 해태가 가진 의미는 아랑곳 않고 궁을 드나드는 탐관오리는 점차 늘어만 갔습니다.

해태가 눈을 부릅뜨고 있으면서도 바로 눈앞에 있는 탐관오리를 가려내지 못하자, 백성들은 해태를 '눈 뜬 장님'이라고 비웃게 되었습니다.

오늘 여의도 국회의사당 앞에도 해태의 위용이 버티고 있어 드나드는 인사들의 시커먼 마음속을 꿰뚫듯이 큰 눈을 부릅뜨고 있습니다.

하지만 그 위용이 무색하게도 해태는 '눈 뜬 장님'이 된 지 오래입니다.

아무도 해태를 무서워하기는커녕, 해태가 거기 서 있다는 것조차 기억하지 못합니다.

사람 마음의 곧고 굽음을 가릴 줄 아는 진짜 해태는 어디에 있는 걸까요?

이문원李文源은 정조 때 판서를 지낸 인물입니다.

그의 양아버지 이천보李天輔는 사도세자를 위해 애쓰다가 자결했습니다. 아버지 사도세자에 대한 효심이 남달랐던 정조는 그를 특별히 배려해서 이문원이 공부가 없음에도 판서로 중용했습니다. 이런 정조의 배려에 보답하고자 그는 더욱 정조를 위해 성심을 다해 봉사하였습니다.

한번은 간신배들이 골탕 먹일 요량으로 이문원을 과거시험의 도시관都試官으로 천거하였습니다. 영특한 개혁군주 정조는 과거시험에서 권력의 입김이 작용하고 금품이 뒷거래된다는 걸 잘 알았기에, 옳다구나 그 천거를 받아들였습니다. 시험관의 자격이 유식 무식에 있는 게 아니라 '정직함' 그 자체에 있다는 걸 일찍이 간파했기 때문이지요.

과거시험이 시작되자 이문원은 시관들에게 말했습니다.

"내야 무얼 알겠소? 대감들 요령껏 하시오."

그러고는 시관들에게 진행을 맡긴 채 뒷짐을 지고 지켜보았습니다. 시험이 끝나자 그는 웃으며 시관들에게 부탁했습니다.

"허허허. 내 자식들이 한참 커가고 있으니, 글 잘된 거 몇 장 골라주시구려."

멋모르는 시관들은 무식한 그를 맘껏 비웃으며 진짜 잘된 답안지를 골라주었습니다. 이문원은 그 답안지를 과거 급제로 발표하여 조선조 500년에 전무후무하게 가장 공평한 과거를 치렀다고 합니다.

나바호 인디언들은 불과 스물다섯 개의 물건만 갖고도 살아

갈 수 있다고 합니다. 반면에 선진 자본국가에서는 한 사람이

평균 1만 가지의 상품을 소비하며 살아간다고 합니다.

이렇듯 엄청난 물질의 풍요를 이루었음에도, 유감스럽게도

선진 자본국가가 나바호 인디언들보다 더 행복하다고 확신할

근거는 아무것도 없습니다.

대평원의 주인공인 인디언들은 행복과 불행에 대해 이렇게

말하고 있습니다.

"내 작은 맘속에 희망이 있고, 내가 가진 짐 또한 가벼우니 나

는 결코 불행하지 않다. 그리고 모두가 굶주리기 전에는 아무

도 혼자 굶주리지 않는다."

행복은 물질의 풍요가 보장하는 게 아닙니다. 마찬가지로 행복의 반대인 불행 역시 오직 궁핍한 물질 때문만은 아닙니다.

그렇다면 과연 무엇이 행복과 불행을 좌우하는 걸까요? 단서는 요즘 사람들이 불행하다고 느끼는 그 이유에서 찾을 수 있을 겁니다.

그 이유는 다름 아닌 희망입니다. 희망이 없기 때문에 불행하다고 느낀다는 겁니다.

터키 영화 〈희망의 여행Journey of Hope〉은 가난한 터키인들이 희망을 찾아 스위스를 찾아가는 이야기입니다.

불법 이민을 돕는 사기꾼 일당들은 돈만 받아 챙기고는 이민자들을 국경선 근처 알프스 산에 내려놓고 도망쳐버립니다. 그때부터 이민자들은 험난한 알프스의 산길을 넘으면서 온몸이 얼어붙는 추위뿐 아니라 경찰의 추적이라는 이중의 고통에 시달립니다. 이 과정에서 가장 나이 어린 아들이 희생의 제물이 됩니다. 아버지는 아들의 주검 앞에서 절규합니다. 그리고 절망에 사로잡힌 나머지 우왕좌왕하다가 결국 경찰에 붙잡히게 됩니다. 왜 왔느냐는 경찰의 질문에 아버지는 절망적인 눈빛과 표정으로 대답합니다.

"희망 때문입니다."

그가 온갖 고초를 무릅쓰고 알프스 산을 넘은 건 아들이라는 희망이 있었기 때문입니다.

루쉰의 소설 〈고향〉의 한 구절이 생각납니다.

"희망은 원래 있다고 할 수도 있고 없다고 할 수도 있다. 이는 마치 땅 위의 길과 같다. 본래 땅 위에는 길이 없었다. 걷는 사람들이 많아지다 보니 자연스럽게 길이 된 것이다."

사방을 둘러봐도 첩첩산중입니다. 희망이 보이지 않습니다. 하지만 우리는 눈앞에 보이는 저 높은 산을 넘어야 합니다. 왜냐고요? 그야 저 산 너머에 희망이 있기 때문이지요.

미녀와
아서왕의 기사

옛날 아서왕을 따르는 한 용맹한 기사가 거대한 괴물과 힘겨운 싸움을 하게 되었습니다. 막강한 괴물과 대적하기에는 기사의 힘이 부쳤습니다. 힘이 점점 달리면서 기사는 지쳐갔습니다. 잘못하다가는 괴물에게 먹힐 판입니다.

힘으로는 당할 재간이 없으니 지혜를 얻어야만 했습니다.

마침 그때 한 할머니가 다가왔습니다. 할머니는 기사에게 괴물을 물리칠 비법을 가르쳐줄 테니 자기와 결혼하자고 했습니다. 할머니와 결혼하는 건 싫지만 당장 지혜가 절실히 필요했던 기사는 급한 김에 그냥 승낙해버렸습니다.

그런데 괴물을 물리치고 나자 기사는 할머니와 결혼할 일이

난감했습니다. 그렇다고 기사의 생명인 신의를 저버릴 수도 없었습니다. 결국 기사는 기사로서의 약속을 지키기 위해 할머니와 결혼하였습니다.

그런데 첫날밤 신방에 들어가보니 할머니는 보이지 않고 한 아름다운 미녀가 앉아 있는 게 아닙니까.

사연을 듣고 보니 할머니는 바로 괴물의 마법에 걸린 미녀였던 겁니다. 원래 괴물이 걸어놓은 마법은 할머니가 인간으로부터 진실한 믿음을 얻는 순간, 풀리게 되어 있었습니다. 인간의 믿음을 얻는 시험이 바로 괴물이 걸어놓은 마법이었던 겁니다.

할머니를 미녀로 바꿀 수 있는 기적의 힘은 인간에 대한 믿음뿐이었습니다. 그런데 마침 기사가 할머니와의 약속을 지켜 결혼을 하자 마침내 괴물의 마법이 풀리게 된 겁니다.

다만 아쉽게도 마법이 반만 풀리는 바람에 할머니는 밤과 낮 중 한때만 미녀가 될 수 있었습니다. 기사는 밤의 미녀와 낮의 미녀, 둘 중 하나를 선택해야만 했습니다. 기사는 마음속으로 밤의 미녀를 원했지만, 할머니는 주로 밖에 나가는 건 낮이니까 외출할 때 미녀의 모습이 되는 게 더 좋지 않겠느냐고 말했습니다. 기사는 무조건 할머니의 말을 따르기로 하고, 두말없이 낮을 선택했습니다.

그 순간 할머니는 완전한 미녀로 돌아왔습니다.

정치인의 생명은 국민의 지지와 사랑입니다. 거짓말로 국민을 속였다가는 영원히 할머니로 살아야 할지 모릅니다. 국민의 완전한 지지와 사랑을 얻는 방법은 오직 한 가지뿐입니다. 국민에게 진심으로 믿음을 주는 것입니다.

환지통

한쪽 팔이나 다리를 잃었는데도 계속해서 팔이나 다리가 움직이는 생생한 감각을 환상사지라고 합니다. 때로는 없어진 팔이나 다리에 통증을 느끼는 경우도 있는데, 의학적으로 이런 통증을 환지통이라고 한답니다. 팔이나 다리가 없는데도 불구하고 아픈 것처럼 느껴지는 이유는 뇌 속의 감각중추가 팔이나 다리가 여전히 있다고 느끼기 때문이라는군요.

이 '환지통'이란 단어는 몇 년 전 최고의 인기를 누린 TV 드라마 〈내 이름은 김삼순〉에 나오는 명대사로 유명해졌습니다.

연인과 헤어진 뒤에도 여전히 그 연인을 못 잊어 그리워하고, 작은 추억 하나에도 가슴 아파하는 사랑, 이런 사랑을 흔히

'환지통'이라고 하지요.

이 연속극 이후 환지통이라는 말은 원래의 비극적이고 무거운 이미지에서 벗어나 코믹하고 가벼운 이미지로 바뀌게 되었습니다.

가끔 TV나 신문에서 과거에 운동권이었다가 지금은 전혀 다른 정치적 입장으로 바뀐 정치인을 볼 때마다 왠지 가슴에 통증이 느껴집니다. 지금은 운동권이 아닌데도, 동지도 뭐도 아닌 전혀 남남인데도 불구하고, 아픔이 느껴집니다. 아무래도 뇌의 중추가 아직도 그들을 운동권이나 동지로 착각하는 모양입니다.

헤어진 연인에 대한 미련은 하루라도 빨리 떨쳐내는 게 좋듯이, 없어진 팔다리는 더 이상 연연해하지 않는 게 좋을 듯합니다.

앞으로는 남아 있는 팔다리를 더욱 더 사랑해야겠습니다.

주윤발이 "강호의 의리가 땅에 떨어졌다"는 고색창연한 대사를 읊조리며 등장한 홍콩 영화 〈영웅본색〉은 영화팬들을 열광시켰습니다. 하지만 계속된 〈영웅본색〉 속편은 흥행과 재미에서 그다지 성공을 거두지 못했습니다. 다만 〈영웅본색 3〉에서 서극 감독은 주인공 주윤발을 신화적 영웅에서 역사적 현실의 인물로 바꾸는 영화적 의미를 이루어냄으로써 어렵게 속편을 성공시켰습니다.

모르긴 몰라도 속편은 전편만 못하다는 게 정설입니다만 뜻밖의 예외라는 것도 있지요.

영화 〈스타워즈〉는 시리즈 6편이 모두 성공한 신화 같은 영화입니다. 이 영화가 우리 머리 위에서 반짝이는 별이 된 것은, 이 영화야말로 지금까지 나온 세상의 모든 영화들과 판이하게 달랐기 때문입니다.

가장 눈에 띄는 건 제작 순서입니다. 4, 5, 6편이 먼저 나오고 (1978년, 1980년, 1983년), 1, 2, 3편이 뒤에 나옴으로써(1999년, 2002년, 2005년), 현재에서 과거로 시간이 거슬러 올라간 셈이지요. 보통 관객들은 현실 그 다음의 미래가 어떻게 될까에 대해 궁금해합니다. 그런데 이 영화는 이런 기대와 예상을 뒤집어버리고 전혀 뜻밖의 방향으로 나간 것이지요.

바로 이것입니다. 전편과는 180도 달라야 한다는 전략입니다. 이것이 모든 속편을 성공하게 만드는 첫 번째 원칙입니다. 전편에서 이겼다고 안이하게 속편에서도 전편과 똑같은 전략을 사용하면 백전백패합니다. 반대로 전편에서 졌다면 그건 두말할 필요도 없습니다. 전편에서 졌던 모습 그대로 똑같이 보여주려거든 아예 안 만드는 게 낫습니다.

영화 〈스타워즈〉처럼 "내가 니 아버지다"라는 반전이 일어나
야 합니다. 안 그러면 절대 성공하지 못합니다. 불구대천의
원수요 적이었던 자가 부자지간으로 탈바꿈하는 순간, 두 사
람의 운명이 어떻게 바뀔지 사람들은 숨을 죽이고 지켜보게
됩니다. 영화팬들의 호기심과 관심이 용광로처럼 들끓고 열
광의 도가니가 돼야 하는 것이죠.

문자 그대로 뼛속까지 바꿔 완전히 새롭게 환골탈퇴해야 합
니다. 안 그랬다간 더 이상 속편이 나오기도 전에 미리 죽음
을 맞이할 수도 있습니다.

정치판의 속편도 영화만큼이나 치열합니다. 속편이 성공할지
실패할지는 예측하기 어렵습니다. 하지만 누가 뭐래도 속편
은 계속되어야 하고 계속될 거라는 사실만은 분명합니다.

현 정권이 속편에서도 이길지 질지는 아직 알 수 없습니다.
그래서 속편이 더 기다려지는지 모릅니다.

황당
시추에이션

"넌 머리 쓰지 마라. 머리는 내가 쓴다."

대단한 자신감입니다. 이런 대사는 아무나 칠 수 있는 게 아니지요. 사기계의 전설쯤 돼야 가능합니다.

"청진기 딱 대보니까 진단이 나온다. 시추에이션이 괜찮아."

믿는 것은 오직 자신의 '감'뿐, 한국은행을 털겠다는 황당한 계획을 듣자마자 필이 팍 꽂힙니다. 진단을 내리는 데는 딴 거 필요 없습니다. 청진기 하나면 족합니다. 하기야 X선 촬영이나 CT 촬영 따위, 최신 기계장비가 명의의 자존심에 가당키나 하겠습니까.

실패를 고려하지 않는 그의 설계도에는 동의만 남아 있을 뿐입니다.

그리하여 그는 흩어진 옛 멤버들을 손수 규합하여 팀을 만듭니다.

여기까지 오면 다들 무릎을 치며 반길 겁니다.

아하! 그 영화! 〈범죄의 재구성〉에 나오는 그 김 선생!

맞습니다.

근데 영화가 아닌 우리 현실 사회에 이 김 선생의 수제자가 나타났습니다. 이번엔 한국은행을 터는 정도가 아닙니다. 산이란 산은 다, 강이란 강은 다, 그리하여 남한의 산하 전체를 털자는 대운하 계획입니다.

청진기 하나로 진단은 벌써 다 나왔고, 1970년대 박정희 시절을 되살려 현대건설의 그 옛날 멤버들까지 싹 다 규합하여 팀까지 짜놓았습니다.

모터 돌려서 한강 물 끌어다 청계천에 흘려놓고는 자연을 복원했다고 자화자찬에 침이 마르더니, 그 침 맛 단단히 들였나 봅니다. 이번엔 대운하랍니다. 굴을 파서 물을 붓고, 높은 산 골짜기에 물을 흘려보내자고 합니다. 그야말로 배가 산으로 가는 형국입니다.

"산은 물을 넘지 못하고, 물은 산을 넘지 않는다."

백두대간의 이론적 근간이 되는 우리의 고전 《산경표》에 나오는 한 구절입니다. 아무리 인위적인 산천개발이라 할지라도 지켜야 할 원칙이란 게 있습니다. 아무리 돈벌이에 혈안이 됐다지만 산줄기를 뚫어 물길을 낸다는 가공할 발상은 자연이 만들어준 생태환경 속에서 수십만 년 살아온 인간이 제 삶의 터전을 제 스스로 파괴하는 짓이나 마찬가지입니다.

영화에서는 김 선생이 젊은 애송이에게 뒤통수를 맞고 파국을 맞는 것으로 끝이 납니다.

현실에서는 이 선생이 누구에게 뒤통수를 맞고 파국을 맞을지 아직은 알 수가 없습니다.

문제는 이 선생이 아닙니다. 오직 돈벌이 하나 때문에 죽어갈이 땅의 산하가 걱정입니다. 어떻게 보듬어 지켜온 산천입니까. 한 번 훼손되면 다시 복원하는 데 수백 년 수천 년 걸릴지 모릅니다. 아니, 영원히 복원할 수 없을지도 모릅니다.

국민들이 원하지 않으면 안 하겠다기에, 국민들의 뜻에 따르려는 줄만 알았습니다.

그런데 자다가 봉창 두드리듯 난데없이 '4대 강 정비사업'이라니요?

눈 가리고 아웅 하는 것도 유분수지, 이거야 속이 너무 훤히 들여다보이는 뻔한 눈속임 아닙니까. 이 땅의 산과 강이 신음하는 소리에 밤잠을 설칩니다.

반전 비핵
달력

작은 달력 하나가 눈길을 끌었습니다.

일본 나라에 살고 있는 한 가정주부, 기무라 유코(67세)가 1995년부터 개인적으로 만들어 실비로 나눠주고 있는, '반전 비핵 달력'이 그것입니다.

어느 일간신문의 칼럼이 전하는 이 달력의 사연은 이렇습니다. 그의 부친 기무라 모토하루는 핵물리학자로서, 원폭 투하 직후인 1945년 8월부터 10월까지 히로시마와 나가사키에 들어가 처음으로 피해 조사를 한 분입니다. 그런데 1995년 미국 스미스소니언 항공우주박물관에서 열기로 한 원폭 전시회가 재향군인들의 반발로 중지되는 바람에 부친은 크게 낙담했고, 그의 딸 기무라 유코는 낙담한 부친을 위로하고자 뭔가 의미 있는 일을 찾던 중 이 달력을 생각해냈다는군요.

달력 표지엔 작은 벚꽃 사진이 여럿 있는데, 1945년 8월 히로시마에 원자폭탄이 터졌을 때 인근에서 기적적으로 살아남았던 '피폭 벚꽃'들의 사진이랍니다. 그리고 뒤표지 안쪽에는 일본헌법 9조(국권 행사로서 전쟁을 영구히 포기하고 교전권을 인정하지 않는다는 내용)와 비핵도시와 헌법 옹호를 주장하는 한 지자체의 선언이 일어와 영어로 된 예쁜 장식 문자로 실렸답니다. 영어를 병기한 건, 세계를 향해 평화헌법 수호와 모든 핵무기 폐기라는 메시지를 발신하려는 의도에서지요.

일본 우익보수들은 기회만 있으면 평화헌법을 무력화하고 핵무기 보유 논의에 관한 금기를 없애려는 책동을 되풀이하고 있습니다. 그러나 몇몇 양식 있는 일본인들은 지금도 평화헌법이 인류 문화유산으로 영구히 계승할 가치가 있다는 긍지를 버리지 않고 있습니다.

이들이 바로 평화지킴이들입니다.

조선 시대에는 왕이 신하에게 새 농사력을 만들어 하사하던 새해 풍습이 있었습니다. 현대에는 자기만의 엉뚱 발랄한 개성이 톡톡 튀는 달력을 만드는 게 대유행인가 봅니다.

민주화운동에 몸 바친 열사들을 추모하는 달력도 나와 있습니다.

올해는 나대로 의미 있는 달력 하나 만들어 벗들에게 선물하고 싶습니다.

고양이들의 파업

"고양이를 한자리에 모으는 것보다 더 힘들다."

프리랜서 노동조합을 만드는 게 얼마나 어려운지를 빗댄 우스갯소리입니다.

미국에서는 이 프리랜서들이 2007년 11월부터 시작해 해를 넘겨 2008년 1월까지도 파업을 벌인 일이 있었습니다.

전미작가노조는 프리랜서로 일하는 영화 및 방송 작가들의 노동조합으로서, 연 수입 50억 원 이상의 제작자 겸 작가에서부터 무직 상태의 작가들까지 다양한 종류의 작가들이 가입해 있습니다. 조합원의 반 정도가 실직 상태고, 일하는 작가들 상당수도 언제 방송이 종영될지 몰라 전전긍긍한다니, 미국이나 한국이나 작가의 목숨은 파리 목숨과 같습니다.

파업은 인터넷 확산과 DVD 보급에 따른 재방송 사용료 확보 등을 내걸고 시작되었는데, 대통령 후보 경선이 치열한 시기라서 심심찮은 화제를 낳기도 했습니다.

미국인들이 가장 좋아하는 시사 토크쇼가 두 달 이상 진행되지 못하는 통에 방송사의 타격이 보통 심각한 게 아니었죠. 결국 방송사는 작가 없이 시사 토크쇼를 강행하기로 방침을 세웠지요. 그러자 CBS의 한 유명 진행자는 작가들의 파업에 동조하는 뜻으로 '파업 수염'을 길러 텁수룩한 모습으로 등장했고, NBC의 한 진행자는 "NBC를 시청하는 사람보다 NBC 앞에서 데모하는 사람들이 더 많다"는 조크를 던져 화제를 모았답니다.

한국에선 파업 때 머리를 박박 깎는 삭발투쟁을 하는 데 반해 미국인들은 수염을 길게 기르는 장발투쟁을 하는 게 색다르게 다가옵니다.

또한 한창 파업 중인 1월 13일에 진행된 65회 골든 글로브 상 (할리우드 외신기자협회 주최) 시상식은 성대한 기념 파티 대신 호텔 한구석에서 수상 소식을 발표하는 기자회견 형식으로 대체되었답니다. 파업 중인 작가들이, 만약 수상식을 강행한다면 레드 카펫 앞에서 시위를 벌이겠다고 으름장을 놨고, 이에 수상 배우 대부분이 수상식 불참을 통보해오는 바람에 어쩔 수 없이 레드 카펫을 포기한 것이지요. 1980년 작가들의 파업 때 수상식을 강행했다가 수상 배우가 단 한 명만 참석하는 바람에 엉망이 되었던 악몽이 28년이 지나서도 잊히지 않았나 봅니다.

그나저나 파업이 아닌 폐업 수준에 놓인 우리 작가들 처지를 생각하니, 전미작가노조의 파업이 부럽기만 합니다.

전미작가노조 파이팅!

* 전미작가노조는 2008년 2월 11일을 기해 석 달 동안의 파업을 승리로 이끌고 막을 내렸다.

<우·생·순>의 힘

2008년 1월 29~30일 일본에서는 올림픽 출전권이 걸린 한일 핸드볼 재경기가 열렸습니다.

원래 핸드볼 경기는 우리나라의 올림픽 효자 종목입니다. 하지만 핸드볼 최종 경기에 대한 관심이 이번처럼 뜨거웠던 적은 단 한 번도 없었습니다. 핸드볼 역사상 가장 놀라운 이변이라고나 할까요? 한국과 일본 양국의 관계자들도 놀라 어리둥절할 지경이었답니다.

원래 한국에서는 남녀 경기 2000장씩 총 4000장의 입장권을 배정받고, 국내 600명과 일본 쪽 재일동포 및 유학생 3400명의 응원단을 모집하기로 계획을 세웠는데 이미 24일에 모집이 마감되었을 뿐 아니라 각 언론사마다 표를 구해달라는 문의가 쇄도했다네요. 일본 현지에서도 판매 개시 40분 만에 8000장이 매진되는 등 한국과 마찬가지로 표를 구하기 힘든 실정이었답니다.

이렇듯 국민의 뜨거운 열기를 반영하듯, 덩달아 지상파 방송 3사가 경기 생중계를 두고 경합을 벌인 끝에 문화방송은 여자 경기, 서울방송은 남자 경기 중계권을 따내는 이례적인 일도 벌어졌답니다.

2007년 올림픽 예선 당시 중동 심판의 편파적인 판정에 국민들의 분노가 컸던 데다가, 재경기 결정 과정이 극적이고 그 과정에 언론의 관심이 집중된 것이 뜨거운 열기로 발전된 게 아니냐는 분석입니다.

그러나 뭐니 뭐니 해도 가장 결정적 계기는 임순례 감독의 핸드볼 영화 〈우리 생애 최고의 순간〉이 아닌가 싶습니다. 개봉 보름 만에 200만 관객을 돌파한 걸 보면 이 영화가 핸드볼 경

기에 대한 열기를 부추긴 일등공신이라는 데 이의가 없을 듯
합니다.

영화 〈우·생·순〉은 스포츠 종목 중에서도 비인기 비주류 종
목인 핸드볼, 그리고 여성 중에서도 아줌마라는 찬밥 인생들
이 벌이는, 여성 핸드볼 선수들의 영화입니다.

특히 승자와 패자라는 이분법적 시각에서 벗어나 여성 핸드볼
선수들의 연대와 희망을 그린 감동적인 작품이기도 합니다.

도쿄에서 치른 한일 핸드볼 경기에서 한국은 남녀 모두 단연
우수한 성적으로 승리를 거두었습니다. 한국 선수들의 실력
이 워낙 뛰어난 데다가 무엇보다 열정과 집중력, 승부근성 등
정신적인 면에서 단연 돋보였기 때문입니다.

영화 제목 그대로 진짜 '우리 생애 최고의 순간' 이었습니다.

백인 문화와 문명은 본질적으로 물질적입니다. 내가 얼마나 많은 재산을 모았는가 하는 것이 성공의 척도이지요. 그러나 인디언의 문화는 그 본질이 영적입니다. 내가 동족들에게 얼마나 많은 봉사를 했는가가 인디언들의 성공 척도입니다.

인디언 학생과 백인 학생이 같이 시험을 치르게 되었습니다. 각자 책상에 앉아 있는데, 인디언 학생들이 책상을 둥그렇게 붙이고 모여 앉더랍니다. 당황한 교사가 이유를 묻자 한 인디언 학생이 대답했습니다.

"우리 조상들은 어려운 일이 있으면 같이 모여서 해결하라고 했습니다."

웃음 뒤끝에 깨달음이 남습니다. 절로 머리가 끄덕여집니다. 그런가 하면, 인디언 토벌대에 가담한 적이 있는 한 미국 군인은 늙어서 산악 안내인이 되었는데, 몇 년 동안 크레이지 호스(미친 말)의 지도 아래 수우 족과 함께 살아왔던 경험을 이렇게 전해주었습니다.

"그들은 가난한 사람, 병든 사람, 나이 든 사람, 과부들과 고아들을 누구보다 가장 먼저 돌보았습니다. 캠프를 옮길 때마다 그들 중 누군가는 신경을 써서 과부의 천막을 제일 먼저 옮기고 제일 먼저 세웠습니다. 그리고 사냥을 한 후에는 매번 큼직한 고깃덩어리를 가장 필요한 집 문 앞에 떨어뜨려주었습니다. 나는 형제처럼 대접받았습니다. 강조하건대 그 인디언 무리만큼 진정한 기독교도들로 구성된 교인들의 공동체를 나는 이제까지 본 적이 없습니다."

부자들은 이 세상 사람을 부자와 가난뱅이라는 두 부류로 나눕니다.

식자들은 이 세상 사람을 유식한 사람과 무식한 사람 두 부류로 나눕니다.

진정 꿈꾸는 사회를 지향하는 사람이라면 이 세상 사람을 이렇게 두 부류로 나눌 것입니다.

"타인을 위해 헌신 봉사하는 사람과 그렇지 않은 사람."

나를 위해 한 일은 나와 함께 죽지만, 타인을 위해 한 일은 영원히 죽지 않기 때문이지요.

좀비

신세계로 끌려온 수백만 명의 흑인 노예들은 다양한 형태와 갖가지 이름을 가진 아프리카 전통 신앙과 의식을 아메리카 대륙으로 가지고 왔습니다.

브라질의 '캉동블레', 쿠바의 '산테리아', 자메이카의 '오베아이슨', 트리니다드의 '샹고 의식', 아이티의 '부두교' 등이 그것입니다.

그중 부두교는 아프리카 서남쪽 해안을 끼고 있는 가나, 토고, 베넹, 나이지리아 등지의 나라에 분포한 종교로, 현재 베넹공화국 다호메이에서 발달한 종교입니다.

서구인에 의해 야만적인 미신 정도로 왜곡되었으나 실상은 다릅니다.

부두교는 자연과 인간사의 여러 분야를 관장하는 정령들을 숭배하는 종교로서 '보둔vodun'이란 "언제라도 인간 사회에 개입할 수 있는, 보이지 않는 무섭고 신비한 힘"을 의미하지요.

이 부두교의 주술 행위 가운데 사람들이 가장 두려워하는 것이 좀비입니다.

흔히 좀비는 살아 있으나 자유의지가 없는 인간을 가리킵니다. 좀비를 만든 이유는 농장에서 노예로 부려먹기 위해서였답니다. 좀비를 죽여 땅에 묻은 다음에 반의식 상태로 깨운 뒤 데려온다는데요, 좀비는 아무나 만들 수 있는 게 아닙니다. 마술과 주술을 다 사용할 수 있는 유능한 최고의 제사장 '운강'만이 두 손을 사용해서 좀비를 만들 수 있다고 합니다. 운강은 사람을 죽이는 것이 아니라 죽은 것처럼 만드는 독약을 사용하는데, 단 독약의 정확한 양은 운강만이 알고 있다는군요. 또 죽은 사람을 무덤에서 다시 깨우는 비법 역시 운강만이 알고 있답니다.

민간신앙에 따르면, 좀비를 만드는 것은 사람이 지닌 영혼들 가운데 하나를 빼앗는 거랍니다. 영혼 하나를 빼앗기면 좀비는 주변에서 일어나는 모든 일에 대하여 자각은 하지만 스스로 반응할 수 있는 의지를 가지지 못한답니다. 오직 그에게 주술을 건 운강의 의지에 따라 조종될 뿐이랍니다.

무한경쟁을 부추기고 약육강식을 정당화하는 자본주의는 사람들의 자유의지를 빼앗아 살아 있는 인간을 좀비로 만들어버립니다. 그리하여 영혼을 잃어버린 인간 좀비는 아무런 의식도 없이 기계처럼 일하며 먹고 잠을 잘 뿐입니다.

제사장 운강은 곧 '자본'입니다. 자본에 대항하는 투쟁은 좀비의 운명에서 벗어나 인간다운 삶을 되찾기 위한 가장 인간적인 투쟁입니다. 이것이 진정한 휴머니즘인지도 모릅니다.

옛날에 한 폭군이 살았습니다. 백성들 사이에서 왕에 대한 비방과 불평불만들이 유언비어가 되어 퍼져나갔습니다.

"우리나라 왕은 돌대가리다. 포악한 군주다."

왕은 펄펄 뛰며 불같이 화를 냈습니다. 하지만 자신을 욕한 자를 끝까지 조사해 찾아낼 생각은 하지 않고 옆에서 아첨하는 간신들의 말에만 귀를 기울였습니다. 그리하여 무조건 간신들이 지목한 충신을 득달같이 잡아와 매달고는 등에서 백냥가량의 살점을 베어냈습니다.

다음날 누군가 왕 앞에 나타나서, 충신이 유언비어를 퍼뜨리지 않았다는 사실을 증명해보였습니다. 충신의 누명이 벗겨지자 왕은 뉘우치는 마음으로 천 냥의 살을 구해와 그의 등에 기워주었습니다.

밤이 되자 충신은 신음하며 매우 괴로워하였습니다. 왕은 신하의 신음소리를 듣고 물었습니다.

"왜 그리 괴로워하느냐? 내가 너의 백 냥 살보다 열 배가 더 많은 천 냥 살을 주지 않았느냐. 그래도 만족하지 못하는 거냐?"

신하가 대답했습니다.

"왕께서 만일 왕자의 머리를 베었다면 나중에 비록 천 개의 머리를 얻더라도 왕자는 죽음을 면할 수가 없을 겁니다. 저 또한 비록 열 배의 살을 얻었지만 이 고통을 면할 수가 없습니다."

어느 오피스텔 건설 현장에서 일하던 건설 일용직 노동자가 임금 체불에 항의하러 갔다가 시공업체 현장소장에게 폭행당

한 끝에 숨졌습니다. 회사 측은 차일피일 미루다가 근 한 달이 지나서야 마지못해 체불 임금 전액과 유족 합의금 등에 합의해주었습니다. 하도 약속 파기를 밥 먹듯 하는 회사 측을 믿을 수가 없어서 유족과 동료들은 합의안을 공증까지 받아 놨다고 합니다.

죽은 노동자와 그 가족들의 피맺힌 한과 분노가 돈으로 해결될지는 의문입니다.

백 냥 살을 베어내고 천 냥 살을 갖다 붙인들 충신의 몸이 원상 복구될 수 없듯이 마찬가지로 사람을 때려죽이고 나서 천금만금을 준들 억울하게 죽은 생떼 같은 목숨이 다시 살아날 리 만무니까요. 구조적인 해결이 더 앞서야겠습니다.

나귀를 선택한 어리석은 제자

스승이 제자에게 말했습니다.

"잔치에 쓸 질그릇이 필요하니, 시장에 나가서 옹기장이 한 사람을 데려오너라."

제자는 옹기장이 집으로 갔습니다. 그런데 옹기장이가 슬피 울며 괴로워하고 있는 게 아닙니까. 이유를 묻자 옹기장이가 대답했습니다.

"얼마나 오랫동안 고생고생 했는지 모른다. 실패에 실패를 거듭한 끝에 이제야 비로소 좋은 질그릇을 만들었다. 그런데 시장에 내다 팔려고 나귀에 싣고 가는 도중에 이 나쁜 나귀가 잠깐 사이에 모두 부숴버리지 않았겠니?"

제자는 기뻐하며 그 나귀를 사겠다고 했습니다. 옹기장이는 옳다구나 싶어 당장 나귀를 팔아버렸습니다.

제자가 나귀를 타고 집에 돌아오자 스승은 깜짝 놀랐습니다.

"왜 옹기장이는 데려오지 않고 나귀만 데리고 왔느냐? 나귀는 무엇에 쓰려느냐?"

제자가 대답했습니다.

"이 나귀가 그 옹기장이보다 훨씬 더 훌륭합니다. 옹기장이가 오랜 세월 힘들여 만든 질그릇을 이 나귀는 잠깐 사이에 쉽게 모두 부숴버렸거든요."

스승은 하도 기가 막혀 소리를 버럭 질렀습니다.

"미련한 놈! 그 나귀는 부수는 덴 뛰어나지만, 백 년이 지나도 그릇 하나 만들지 못할 것이다!"

국민이 진정 원한 지도자는 옹기장이였습니다. 그릇을 만들어줄 옹기장이가 필요했던 것입니다. 오랫동안 공들여 가꿔

온 반독재 민주화 투쟁의 성과와 결실을 한층 더 질 좋고 뛰어난 그릇으로 빚어줄 옹기장이가 필요했던 것입니다. 결코 나귀를 지도자로 원한 게 아니었습니다. 민주적 법과 제도, 정책들을 몽땅 부숴버리는 것밖에는 아무 쓸모가 없는 나귀를 원한 게 아니었습니다. 그런데 이제 보니 옹기장이가 아닌 나귀를 선택한 미련한 제자 꼴이 되고 말았습니다.